Cidade Velha

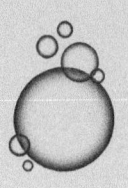

Maureen Miranda

Copyright © 2022 by Maureen Miranda

Grafia atualizada segundo o Acordo Ortográfico da Língua Portuguesa de 1990, que entrou em vigor no Brasil em 2009.

Edição: Felipe Damorim e Leonardo Garzaro
Arte: Vinicius Oliveira e Silvia Andrade
Revisão: Miriam Abões e Lígia Garzaro
Preparação: Leonardo Garzaro e Ana Helena Oliveira
Imagem da capa: Natália Lage

Conselho Editorial:
Felipe Damorim, Leonardo Garzaro, Lígia Garzaro, Vinicius Oliveira e Ana Helena Oliveira.

Dados Internacionais de Catalogação na Publicação (CIP)
(Câmara Brasileira do Livro, SP, Brasil)

M672

Miranda, Maureen

Cidade velha / Maureen Miranda. – Santo André - SP: Rua do Sabão, 2022.

208 p.; 14 X 21 cm

ISBN 978-65-86460-51-3

1. Conto. 2. Literatura brasileira. I. Miranda, Maureen. II. Título.

CDD 869.93

Índice para catálogo sistemático
I. Conto : Literatura brasileira

Catalogação na publicação
Elaborada por Bibliotecária Janaina Ramos – CRB-8/9166

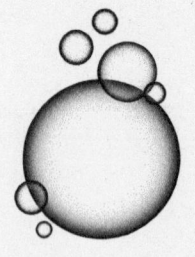

[2022]
Todos os direitos desta edição reservados à:
Editora Rua do Sabão
Rua da Fonte, 275 sala 62B
09040-270 - Santo André, SP.

www.editoraruadosabao.com.br
facebook.com/editoraruadosabao
instagram.com/editoraruadosabao
twitter.com/edit_ruadosabao
youtube.com/editoraruadosabao
pinterest.com/editorarua

Índice

Ramira — 5

A vida de Sunny — 91

O Filho que não tive — 131

O Portão — 163

O Porão — 189

Ramira

Parte 1

Numa data qualquer, num dia comum, a Cidade Velha foi tomada. Os habitantes acordaram pensando que o dia se passaria normalmente, mas não foi isso que aconteceu, muito pelo contrário, gatos imensos e ratos sujos invadiram todos os cantos, os bueiros, as calçadas, as esquinas, os becos, as casas, os prédios, as repartições públicas, tudo. Cada morador foi obrigado a escolher um dos dois bichos para se aliar: ou gato ou rato. O povo então foi obrigado a venerar o animal escolhido e seguir à risca todos os seus preceitos. A população ficou dividida; a cidade, em frangalhos. A grande maioria das pessoas elegeu os gatos como mestres, e a outra parte, os ratos. O animal eleito pelo morador se transformava em chefe-mor da população, e suas ordens eram seguidas sem argumentação nenhuma por parte das pessoas, que ficavam reféns da situação imposta por eles, que eram em maior quantidade e tinham mais força física.

Quem se revoltava contra a obrigatoriedade da escolha sofria perseguições e todo tipo de ataque dos demais. Essas pessoas eram consideradas neutras e, para se protegerem de olhares abusivos e xingamentos extremos, andavam pelas ruas envoltas em panos, escondendo-se.

Essa parte da população era a minoria e sofria todo tipo de preconceito das outras pessoas. Entre os gatos e os ratos, as brigas eram terríveis e violentas, e o povo dividido foi se transformando em bárbaro e sangrento, como se o mal estivesse imperando definitivamente em suas cabeças. Gritos de horror e pedaços humanos arremessados pelo céu tornaram-se rotineiros na paisagem cinzenta e praticamente em ruínas. O cheiro nas ruas era nauseante, uma mistura de carniça com perfume barato. Um ar denso e pesado e muita fuligem deixavam tudo empoeirado e deprimente.

Infelizmente, é nesse lugar que vive nossa protagonista.

Ramira tinha 35 anos e morava com a mãe e a irmã caçula, Nage. O pai havia perdido a vida recentemente em uma terrível discussão que virou encrenca feia. Um outro homem, conhecido do pai, virou seguidor fanático dos gatos, e, por causa de uma inocente crítica à neutralidade de alguns, os dois homens começaram a bater boca num crescente amedrontador. O antigo amigo perdeu completamente a compostura e, com a ajuda de cinco gatos, arrancou-lhe os dois braços. Haleb, o pai, se esvaiu em jorros de sangue até morrer seco e só. Ramira caiu num poço sem fundo, era muito apegada a ele. Ela começou a agir automaticamente, como um robô, pois havia perdido a vontade de seguir em frente... O único motivo que tinha para continuar era Nage.

Já a mãe virou uma pessoa apática, desinteressou-se pela vida que levava e pelas filhas, deixando a menor para Ramira cuidar.

A família ficou totalmente desestruturada. Três mulheres morando sozinhas no centro da cidade seriam presas fáceis para os gatos e seus tiranos devotos, sendo assim, Ramira teve a ideia de juntar tudo o que tinham e irem morar em outro bairro.

Praticamente do dia para a noite, Ramira virou a chefe da família, precisando dar conta de ser mãe da irmã e da própria mãe. A decisão de se mudarem foi como pegar uma corda de escalada para subir um monte pedregoso. Iriam tentar recomeçar em outro bairro, onde existissem menos gatos, pois estes eram bem mais violentos que os ratos e também muito maiores e mais fortes.

Depois da mudança, a mãe se tornou uma seguidora fervorosa dos ratos, fanatizou-se por eles e não saía mais de um dos templos, ainda mais agora que morava a apenas dois quarteirões do maior deles. Nage, a caçula, ficava horas sozinha, e Ramira estava desempregada, passava dias à procura de trabalho... e nada.

Diário de Ramira

Eu sentia taquicardias constantes, como se a qualquer momento meu peito fosse explodir. Tinha pensamentos trágicos, tinha pesadelos, sonhava que andava nua pelas ruas. Minha cidade foi invadida por gatos gigantes, verdadeiros monstros, e ratos bizarros de todas as cores. A única maneira de não ser escravizado pelos gatos era segui-los e obedecê-los. Eles eram brutos e induziam à violência, eram cínicos e manipuladores. Existiam milhares deles, vomitando bolas de pelos por todos os cantos, pisando em tudo e massacrando os ratos que trabalhavam em seus templos de paz por um futuro melhor, para eles. Na verdade, as ratazanas não eram nada suaves, e sim extremamente egoístas, e só pensavam em aumentar seu território. A maior diferença entre os dois é que os ratos não usavam a violência para estraçalhar as pessoas; em vez disso, faziam lavagem cerebral, coisa tão terrível quanto. Vivia me escondendo atrás de lenços e xales e muros. Perdi meu trabalho porque meu chefe não concordava com a minha posição neutra em relação aos bichos — vivia tentando me persuadir com mil promessas e migalhas de aumento salarial —, mas eu não queria venerar ninguém. Minha mãe não parava mais em casa, estava cada vez mais devotada aos ratos, minha irmãzinha ficava sempre sozinha em casa, e estávamos sem comida. Eu acreditava que Nage, por ser pequena, não percebia ainda toda a gravidade da situação, que ela se autoprotegia em fantasias e devaneios, mas, ao mesmo tempo, eu percebia algo diferente no seu rosto, uma tristeza mascarada, uma névoa de mentiras infantis. E isso me desesperava.

De vez em quando, eu ganhava um pedaço de pão de algum rato passante, eles faziam o que podiam, mas o número de gatos era infinitamente maior. O pão era pouco, mas eu o dividia com Nage. Acordava sempre com vontade de ir embora, não havia mais nada que eu pudesse fazer. A cidade vivia em guerra, minha mãe nos deixou depois que nosso pai morreu assassinado por um homem mau. Digo que a mãe nos deixou porque ela vivia no templo, cercada por ratos e até parecia anestesiada. Tudo virou do avesso, éramos somente eu e Nage. Sentia-me tão solitária e medrosa, não conseguia ver saída a não ser partir.

Passaram-se dias até que Ramira conseguisse conversar com a mãe, ela andava cheia de ratos dependurados pela sua roupa e só conversava com eles, não dava ouvidos para a filha. Quando Ramira, enfim, conseguiu expor todos os problemas, a mãe demonstrou que seria um alívio elas irem embora e alegou que, após ter ficado viúva, sua missão era outra.

Diário de Ramira

O desânimo tinha tomado conta de mim. Os olhos da minha mãe estavam turvos e sem foco. Ela levava ratos sobre os ombros e um bem pequeno no bolso e não conseguia fixar sua atenção nas minhas palavras. Sentia vontade de chacoalhar seus braços, de gritar, de chorar. Ela cheirava mal, seu maxilar tremia sem parar, poucas palavras saíam de sua boca e um fio espesso de baba branca morava no canto dos lábios. Não parou por nada de fazer carinho na cabeça de um dos ratos... O cheiro dela era úmido e não mais aquele cheiro que eu conhecia, era outro. Como isso doía. O couro cabeludo estava branco de caspa e uma espécie fina de sebo cobria toda sua cabeça. Em outros tempos, minha mãe tinha o mais cheiroso perfume, o cabelo fino e sempre arrumado. Como isso dói. Perdi os dois, pensei, o pai em uma poça de sangue e a mãe em uma fuga da mente. Como isso dói.

Quem morava no centro da cidade dormia pouco. Os gatos comandavam marchas bem cedo em homenagem a eles mesmos, e o alvoroço dos ratos em retirada desesperadora era barulhento. Os templos dos pequenos ficavam em ruas paralelas e nos bairros afastados, onde a mãe das meninas estava morando. Suas filhas se sentiam abandonadas e, como não encontravam saída para aquela situação, acabavam dormindo o dia todo, como forma de fugir do pesadelo que estavam vivendo; pela fraqueza, lhes faltava energia de permanecer em pé. As duas deitavam num único colchão de solteiro no canto do quarto, Nage abraçava a irmã, havia um cobertor de lã verde, antigo. Elas conversavam um pouco e acabavam pegando no sono. Dia após dia eram assim.

Diário de Ramira

Uma das coisas que mais me angustiava era dormir de dia. Eu e minha irmã sentíamos muita fome, estávamos fracas, e a tontura por falta de comida fazia a gente adormecer, como se no sono pudéssemos ter a vida que desejássemos. Nage pedia a presença da mãe e eu não sabia mais o que dizer, qual desculpa inventar, ela tinha apenas 6 anos e eu ficava com muita pena de expor toda a realidade para ela. Na periferia, onde morávamos, não havia tantos estrondos como no centro, mas também não havia muitas outras coisas: emprego, comida, oportunidades, esperança, amigos, nada. Ou as pessoas estão nos seus subempregos com chefes gatos imensos ou estão nos templos que ficavam perto da nossa casa, rezando com ratos de todos os tipos e cores e cheias de ideias estranhas. Às vezes pensava em me converter, como minha mãe, mas assim que via minha irmã, desistia, não podia fazer isso com ela, não seria justo e, para ser sincera, não concordava em absoluto com os ratos. Eles eram menos piores e tal, ajudavam os humanos em pequenas tarefas, os recebiam em seus templos de oração, eram prestativos e bons ouvintes, mas, ao mesmo tempo, eram extremistas, rancorosos e pouco higiênicos. E quando resolviam lutar por algo, poderiam ser bem agressivos, sim. Arregalavam os seus olhos pretos, projetavam de maneira estúpida seus dentes para fora e davam inúmeras chibatadas com suas caudas em tom rosado. Uma vez, nunca vou esquecer, presenciei dez ratinhos se defendendo de um humano devoto de gatos. Eles o destruíram em minutos, arrancando pedaços de carne até o pequeno homem se acabar, ele urrava de dor e ódio por não ter conseguido acertá-los com um pedaço de tijolo, foi assustador... Reparei que eles viram que eu os estava observando e mesmo assim fizeram o serviço.

Na minha opinião, quando agiam assim, se igualavam aos gatos. Como eu sentia nojo daquilo tudo!

A cidade dividida amanheceu sob ventos e ainda mais sombria. Ramira saiu de casa por volta das cinco horas da manhã, ainda estava escuro, mas como Nage não passara bem a noite, ela foi procurar comida e algum tipo de ajuda.

Diário de Ramira

Nage tinha ardido em febre a noite toda. Não havia termômetro em casa, mas ela tremia de frio e suava ao mesmo tempo e não dizia coisa com coisa. Fazia duas semanas que não via a mãe, às vezes pensava que ela podia ter sido atacada por pessoas fanáticas por gatos ou até mesmo pelos próprios gatos, será? Não queria fixar minha cabeça nessa possibilidade, senão enlouqueceria. O que importava era que teria de sair de casa em busca de comida para nós. Achava que Nage estava sentindo muito a ausência da mãe, além da fome. Os ratos transmitiam doenças e por dias seguidos eu a vi brincando com três deles sobre a cama.

Para onde iria? Já eram cinco e dez da manhã. Se eu virasse à direita, passaria pelo templo grande que a mãe frequentava e temia descobrir algo ruim, que ela estivesse morta, que ela tivesse sido assassinada terrivelmente, sei lá. Se eu virasse à esquerda em direção ao centro, temia encontrar algum gato tirano e descobriria finalmente que eles poderiam ser muito violentos comigo. Se eu seguisse reto pela rua, iria encontrar o mar. Será que a praia poderia ser uma saída pra mim? Pra nós? Decidi, então, ir em frente.

Entre nuvens de neblina fria e densa, surge Ramira, uma moça como tantas outras, envolta em um xale para se esconder de algo, de todos, do mundo, dos bichos, das pessoas.

Ela vinha caminhando reto pela rua de sua casa, andava apressada e passava quase despercebida. Lá, em direção ao mar, havia pouca gente na rua, era cedo, frio e perigoso. Pequenos grupos de pessoas saíam de suas casas em direção ao centro, para a tal marcha.

Os templos dos ratos, ainda fechados, rangiam suas janelas. Ramira pedia ajuda como uma mendiga de rua faz, mas sem sucesso.

Diário de Ramira

Achando que me sentiria mais forte, decidi correr pela rua, mas de tão fraca acabei caindo e machucando um pouco os joelhos. Já tinham se passado duas horas de busca, e nada. Nenhum pedaço de pão, nenhum contato visual, nenhuma esperança, nada, nada, só o mar furioso ao longe. Precisava achar alguém, uma pessoa boa, uma palavra amiga. Estava intacta de mim mesma, parada na areia, olhando para a frente. O sol brilhava forte, o vento cessara, mas ainda sentia frio. Ficaria estática ali, não sabia mais o que fazer, não sabia mais.

Ramira, na areia da praia, parecia uma estátua envolta em panos. O mar estava bravo, e o zumbido do vento parara de repente. Depois de algum tempo, um homem de olhar assustado e doce se aproximou dela; ele também usava uma espécie de xale. Ele observou que lágrimas escorriam dos olhos da moça, mas sua expressão não era triste, não era nada. Ele ficou parado do seu lado direito reparando no rosto dela e perguntou se podia ajudá-la de alguma forma. Ela respondeu com outra pergunta, indagou se ele era médico ou curandeiro. Não, ele disse, mas contou que ainda tinha mantimentos para doar e entendia um pouco de cuidados emergenciais, caso ela precisasse.

Ramira então se encheu de esperança, aceitou a ajuda, e os dois seguiram em direção à casa dela. No caminho, o homem bom disse que se chamava Bud e que estava recrutando pessoas que não queriam seguir nem gatos, nem ratos para partirem de barco para um lugar distante, cheio de outros bichos. Disse também que nesse lugar viviam elefantes, cachorros, macacos, uma infinidade deles, e que todos eram muito amáveis. Bud contou que com boa vontade caberia cerca de cem pessoas na embarcação e que oitenta já estavam confirmadas.

Ramira escutava tudo atentamente, certa de que, se Nage ficasse um pouco mais forte, em dois dias partiriam com ele e os demais para um recomeço e que, infelizmente, a mãe ficaria pra trás, caso não conseguisse convencê-la a acompanhá-las. Isso seria terrivelmente triste para as meninas, mas não havia outra saída.

Diário de Ramira

Achava realmente que uma espécie de anjo tinha me encontrado. Ele também usava xale e eu conseguia chorar na sua frente sem me sentir envergonhada. Ele se chamava Bud e ofereceu para fazer uma refeição na minha cozinha, havia dito também que não era médico, mas acreditava que uma boa sopa curaria minha irmã. Caminhamos como velhos amigos em direção à minha casa. Pela primeira vez em meses, cheguei a sentir um pingo de esperança. Ele me ofereceu três lugares num barco grande que partiria em até três dias. Fiquei com o coração apertado só de pensar em ter de deixar a mãe. Resolvi que no dia seguinte, bem cedo, passaria no templo dos ratos e faria de tudo para que a mãe aceitasse ir embora comigo e minha irmã. Não havia mais nada a perder, ia cuidar para que Nage ficasse boa logo e iríamos com Bud para bem longe. Mas meu peito estava dilacerado, minha mente ficava aos pedaços quando pensava na mãe, achava que ela não viria conosco e pensava que não teria forças para me despedir. Como se faz isso? Como?

Os dois estavam bem próximos da casa de Ramira quando ela subitamente sentiu uma pontada forte na nuca, a dor era tão violenta que ela caiu no chão. Bud levou um susto e sem saber o que tinha acontecido, ajudou a nova amiga a se levantar. Da onde teria vindo esse ataque, Ramira chegou a pensar. Seu corpo estava pesado e rijo. Bud tirou seu xale e o enrolou em torno dela, para protegê-la de algo que ninguém sabia o que era. Não demorou para ela se recompor, estranhamente se sentiu segura nos braços de um homem que acabara de conhecer e, em frente ao número setenta e cinco, virou a chave e entraram.

Diário de Ramira

Uma espécie de pancada na nuca me derrubara na calçada de uma hora para outra, foi uma dor aguda. Cheguei a pensar que estava levando uma surra. Bud me abraçou com seu xale e, novamente em pé, devolvi o abraço. Não sei bem o motivo, mas não queria nunca mais sair dali, do calor que me envolvia. Ele tinha um cheiro bom. Fechei meus olhos por um tempo curto que pareceu longo, muito longo e, por alguns segundos, achei que estava apaixonada. Será que eu era louca? Tirei forças pra sair dos seus braços, achei as chaves no fundo da bolsa, girei a maçaneta e entramos.

O silêncio reinava dentro da casa, o pé direito era alto e das grandes janelas velhas sempre dava para escutar o vento e o rangido do assoalho de madeira, mas, dessa vez, nenhum ruído. Ramira entrou animada chamando pela irmã, atravessou a cozinha, pediu que Bud se sentasse um pouquinho por ali. Ele preferiu ficar de pé. Ninguém na sala, esquisito... Nage sempre sentava no sofá para alguma brincadeira ou para assistir à antiga tevê. Quando abriu a porta do quarto, viu a pequena na mesma posição de quando saiu, coberta até a altura dos ombros, dormindo profundamente. A luz do quarto era amarelada e acolhedora. Apesar da poeira, a imagem era calma e parecia uma pintura de Hopper.

Diário de Ramira

Entramos pela cozinha. Tudo estava parado, um estranho cheiro de flor no ar. Nossa casa era simples e espaçosa, tínhamos poucos móveis e quase nada de objetos de decoração. Depois que o pai morreu, perdemos o gosto de arrumar, de enfeitar as coisas. As caixas com adornos e enfeites faziam filas pelos corredores, todas ainda com fitas adesivas. Bud ficou na cozinha. Reparei que seus olhos eram rápidos, confesso que sentia um certo incômodo por não ter nada para oferecer. Nage ainda estava dormindo, devia ser de fraqueza, fechei a porta do quarto e voltei para a cozinha para ajudar a fazer a sopa.

Bud lavou todos os mantimentos que guardara em sua mochila. A sopa teria de tudo um pouco. Ramira descascava batatas enquanto a água fervia. Os dois não pararam de conversar nem por um minuto. Por diversas vezes eles riram, por diversas vezes experimentaram o gosto da fervura, por diversas vezes se esqueceram dos dramas da cidade em que moravam.

Ramira chegou a fantasiar que nada de errado estava acontecendo, que Bud era um velho amigo de infância que tinha reaparecido.

Finalmente, tudo aquilo começou a cheirar bem. Ramira arrumou a mesa para três, como há muito tempo não fazia, sem pensar em nada que não fosse a janta. Posicionou os pratos fundos de louça amarelada, três colheres pesadas e três copos com água, até toalha com flores colocou. Bud, com alegria, colocou a panela fumegante no centro da mesa. Ramira finalmente foi buscar Nage, não se continha de ansiedade para ver a carinha da irmã. Ao abrir a porta, novamente sentiu a dor na nuca. Com o tombo no chão de madeira o estrondo foi grande, e Bud correu para socorrê-la.

Dessa vez, ela segurou a cabeça do amigo com as duas mãos, olhou bem perto dos seus olhos e pediu quase sem voz que ele olhasse pela pequena, porque ela não conseguiria. Pediu que ele fizesse tudo sozinho, pediu que a deixasse sentada ali mesmo e disse que entendia a dor, disse que agora sim entendia a dor. E com o corpo todo rasgado cantarolou algo que não lembrava mais, como uma louca de hospício faz.

Diário de Ramira

Naquela hora, naquela noite magoada, escrevia para registrar a maior de todas as dores que já senti e sinto a todos os instantes.

Falhei, eu demorei, fui egoísta e desequilibrada. Nage morta, enquanto eu apaixonada, eu morta, um pedaço de mim ainda vivia dentro do mundo que construí pra mim. A que horas ela tinha ido? A dor da minha cabeça tinha sido um aviso, um sinal? Naquela manhã bem cedo, quando saí de casa em busca de ajuda, eu já sabia que Nage havia partido de alguma forma, não conscientemente, mas, no fundo, eu já sabia. Quando saí da cama dei até logo e ela não respondeu, nem se movera, não me viu mais.

A morte era cinza, indolor, muda e muito bela. A morte tinha cheiro de injeção com poesia e cobertor verde. Minha irmã tinha um cobertor verde e não tomará a sopa da salvação. Eu sim, seria egoísta o suficiente, voltaria para a cozinha e me alimentaria da tal sopa, era a única opção que me restava. Chamei Bud, comemos em silêncio, nada de lágrimas, nem lamentações, nada de lembranças amargas, só alívio. Estava horrivelmente livre e poderia ir embora daquele lugar.

O dia amanheceu ensolarado como há tempos não se via. Ramira e Bud acordaram abraçados no piso da cozinha. Como se já soubessem o que haveria de ser feito, ambos executaram ações sem pronunciar uma palavra. Ele foi num silêncio sepulcral até o quarto, enrolou o pequeno corpo que jazia sobre o colchão num lençol. Tomou cuidado para cobrir o rosto, as mãos, tudo. Então carregou a menina nos braços até o sofá da sala e a deixou bem ali. Enquanto isso, Ramira fez sua mochila, guardou oito peças de roupas, meias de lã, alguns lenços, dois livros, alguns itens de higiene pessoal e uma foto do pai e da mãe quando jovens. Pediu gentilmente que Bud a deixasse sozinha no quarto, pois queria escrever uma carta para a mãe, que colocaria sobre o corpo da irmã na sala, que é onde se velam os mortos. Desistiu de falar pessoalmente com a mãe, seguiria em diante com Bud. De alguma forma, estava mudada, estava longe e naturalmente equilibrada.

Diário de Ramira

Dormi um sono pesado e frio, apesar de Bud ser leve e quente. Fizemos amor a madrugada toda, queria sentir qualquer coisa, resolvi, sem racionalizar, amar aquele homem profundamente. Acordei embriagada de paixão e desassossego, de horror e esperança. Eu me via perplexa diante da vida. Fiz a mala da partida automaticamente e sozinha. No quarto, escrevi uma carta pra mãe.

Carta para mãe

Mãe,

    Eu juro que a última coisa que eu queria era escrever essa carta, mas do ponto a que chegamos não tem mais volta. Há semanas você nos deixou pra trás. A nossa vida virou um mar de lama, e não quero me afogar nela. Suponho que você não esteja sozinha, que esteja com seus amigos ratos, então, espero que eles a auxiliem nesse momento tão terrível. Às vezes penso que você nunca lerá essa carta e nem chorará a perda dessa filha. Às vezes penso que tudo isso não é real e que ainda moramos os quatro juntos, unidos como uma família. Mas, neste momento, neste quarto triste, minha mão febril escreve quase sozinha essas palavras, e as minhas não lágrimas vêm me lembrar que o presente é outro. Queria que tivesse sido diferente, que Nage estivesse viva e alegre e que cantarolasse alto a caminho da pracinha. Mas não mãe, não. Quando você se foi tudo piorou, fiquei desempregada e muito, muito perdida e pobre, e nós passamos fome. Duas noites atrás, Nage me deixou, ela não aguentou e nem eu, eu confesso, eu não consegui.

    Mas hoje, nesta manhã de sol, estou partindo para outro lugar, estou indo com um anjo bom que me deu a mão quando mais precisei, e nossas mãos estão juntas agora. Mãe, não sei o que sinto por essa mãe que você virou, mas é preciso dizer que já a amei muito. Vou parar por aqui, com um querer que dói em mim. Ass.: Ramira

A porta grande da casa se fechou com um toque seco, Ramira fez questão de não chavear. De mãos entrelaçadas, os dois seguiram rumo à praia. Sim, ela olhou para trás cerca de três vezes, e nas três vezes chorou. Sentia tantas coisas enquanto andava. Bud afagava seu cabelo, abraçava seu corpo, segurava forte seu braço para que não caísse, para que ela não despencasse em algum buraco mental, cavado a machadadas rápidas de dor. Os joelhos ainda inchados e roxos do tombo de dias atrás. Depois de uma hora, o sol estava a pino. As pessoas de posições neutras começaram a surgir de todos os cantos, mulheres eram a maioria. Havia também crianças, adolescentes, homens, até alguns cães. Todos com suas bagagens reduzidas, todos com semblante de preocupação e um certo alívio.

Diário de Ramira

Resolvi não trancar nossa porta, por algum motivo tive medo que a mãe tivesse perdido a chave. Foi muito duro deixar Nage naquele sofá tão vazio, tão sem vida. Bud fez de tudo por mim e me senti segura ao seu lado, como há muito tempo não me sentia. O sol estava forte na praia, e era difícil perceber quem era homem, quem era mulher, todos se enrolavam em lenços e mochilas. Alegrou-me ver dois cachorros com uma menina. Esperamos cerca de uma hora o barco chegar e quando finalmente despontou, Bud tomou as rédeas da situação e, como um pirata poderoso e gentil, comandou nosso embarque.

Ramira e tantos outros subiram com a ajuda de Bud, que era firme e esperançoso. Respondia todas as dúvidas que lhe dirigiam. O barco era largo, os bancos eram duros. Não havia cabine, se chovesse forte seria um problema. A embarcação parecia maior vista de fora do que de dentro. Continha um lugar para cada um, capas de chuva, água em garrafas de plástico, frutas e comida em lata para, no máximo, quatro dias, o tempo calculado do percurso até a Cidade Nova. O coração de Ramira começou a ficar acelerado quando ela cruzou o olhar com Bud e percebeu que ele também estava apreensivo. Não havia banheiro, nem cobertores, nem nada que pudesse proporcionar algum conforto. O outro homem que comandava a jornada junto com Bud era de estatura baixa, muito sério e demonstrava medo e insegurança. A família inteira desse homenzinho estava a bordo, houvesse um erro de rota, o perigo dominaria. O combustível era calculado e o acerto do caminho, imprescindível.

Diário de Ramira

Não queria sentir o que se passava no meu peito, minha boca estava amarga e minha visão, turva. O barco era assustador, achei que seria de fibra, mas era de madeira. Os banquinhos eram estreitos. Eu tentava buscar alívio no olhar de Bud, mas não encontrava. Seu colega demonstrava pavor e pouca experiência, arregalava os olhos e tratava sua família a pontapés. Ocupei meu lugar na proa, ajeitei minhas coisas debaixo do banco e guardei o assento ao lado para Bud. Começava a pensar em Nage, tentava pedir ajuda a ela, agora que virara algo invisível, mas achava que ela me castigaria por não tê-la mantido viva, e, do nada, parava de pensar.

De repente, começa um pequeno alvoroço dentro do barco, pois surgem na praia dois imensos gatos raivosos que soltam grunhidos altos e, logo, outros aparecem. Um pequeno grupo de humanos seguidores dos felinos começam a correr em direção ao barco, que continua ancorado. Essa situação estressa a todos, inclusive aos cães que, até então, estavam tranquilos. Crianças choram assustadas, e algumas mães entoam cantigas para disfarçar a tensão. Finalmente todos embarcam em segurança, e o barco levanta âncora, deixando para trás, na areia, um grupo de pessoas e gatos que fazem gestos obscenos e gritam coisas ininteligíveis.

Diário de Ramira

Por muito pouco escapamos. Na areia da praia, um grupo de gente louca, fanática por gatos, nos xingava de fracos, covardes e outras coisas terríveis. No comando deles, um gato nojento, dominado pelo mal de maneira forte e estúpida. Um grupo de gatos puxa-sacos chegavam por todos os lados, seus olhos eram arregalados e gosmas de ódio pingavam de suas bocas, humanas e felinas. Virei meu rosto para outra direção, mudei a paisagem, essa sim se abria para mim, para nós. Deixei que Bud segurasse minha mão, e nós dois olhamos para frente agora. Liberei meus pensamentos, agora eles dançavam num baile antigo, onde as ondas do mar em que eu navegava naquele momento, ainda pequenas e sem forma definida, simplesmente rodopiavam de lá pra cá. Adorava a palavra "rodopiar", ela me fazia lembrar das aulas de dança, de quando eu executava tantos rodopios até cair exausta no chão de tacos e de braços abertos. Nada a fixar, nada a sofrer, nada a refletir, apenas ir e ir.

Rumo à Cidade Nova, o barco segue com a velocidade dos sonhos de todas aquelas pessoas. A maioria viaja em silêncio, até mesmo as crianças quase não falam. Há um cansaço físico e emocional nos tripulantes, sem alegria. Não existe felicidade em ser coagido a abandonar seu lugar, suas casas, seus empregos. Não há euforia na incerteza do recomeço, e sim uma dúvida que impera agora, a esperança ainda é uma marola. O tempo passa assim, os homens se revezam no leme, as mulheres aninham suas crianças, conversas poucas e baixas começam e terminam de repente... Anoitece e esfria. Uma comoção é instaurada com a chegada da escuridão e, sem maiores alardes, todos se dão as mãos e olham para o céu, como se pedissem proteção. Alguns abraçados, outros não, adormecem, e a troca no comando dura a noite inteira.

Diário de Ramira

Não sei como consegui, mas adormeci sentada, com a cabeça apoiada no ombro direito de Bud. Apesar do frio e de um pouco de náusea, até posso dizer que sonhei. Segurei a mão de uma menina na hora da reza e cheguei a pensar que pudesse ser Nage. Um desespero passou por todo o meu corpo e foi embora. A lua foi a minha confidente e a de todas aquelas pessoas, que, acreditando ou não em algo maior, imploravam que olhasse por nós. E durante sete ou oitos horas treva adentro, os homens do barco comandaram a direção do nosso caminho para a tal Cidade Nova.

A Cidade Nova tinha esse nome porque sua idade era de 25 anos apenas. Ficava ao sul da Cidade Dividida e tinha fama de ter inúmeros bichos amistosos e uma população muito jovem, ansiosa por mais habitantes. Havia rumores de que a população se inspirava nos cães, que eram amistosos e de caráter inabalável. As poucas discussões eram cordiais, e a justiça prevalecia. As pessoas que habitavam a pequena cidade seguiam a matilha, aprendiam com eles o espírito de fidelidade, da amizade e da família. Na Cidade Nova não existia preconceito e, quando surgia alguma desavença, logo era resolvida.

Diário de Ramira

Amanheceu com ondas turbulentas, o mar era de um azul-marinho escuro, havia nuvens negras pesadas, e o vento soprava forte e barulhento. Eu me agarrei com força em Bud e na ideia do novo começo. Ao contrário do dia anterior, todos conversavam agitados, as crianças choramingavam e os cães uivavam de um modo elouquecedor. Comecei a pedir para o céu que tudo se acalmasse, mas nada acontecia. Resolvi pegar meu maior lenço e me amarrar no banco do barco. Era a primeira vez que me sentia como uma folha de papel. Começaram uns solavancos, as minhas pernas voavam pra cima, Bud começou a amarrar a todos, não havia coletes salva-vidas, e os gritos das mães desesperadas tomaram conta de tudo. Um cão caiu no mar e nada se pôde fazer, a menina gritava seu nome aos prantos enquanto era consolada pela irmã maior. O pequeno homem que estava no leme bateu o braço com força e, com a dor, desmaiou. O barco ficou sem rumo e ninguém conseguia chegar até o comando da direção. A chuva despencou gelada e torrencial e, em vez de uma manhã ensolarada, reinou um luto que não era esperado.

A pedra

A pedra respira como gente. A pedra é pontiaguda e só não é confundida com um *iceberg* porque é negra. A coisa horrenda em forma de baleia monstruosa surgiu no meio do mar como o ápice de uma briga pavorosa entre a água e outra coisa. A pedra gigante enquanto coisa, enquanto grito da natureza. A pedra do pesadelo se levanta rasgando a água, quebrando o vidro, estilhaçando tudo que encontra no caminho, e, assim, espicaça, no susto, varre, invade o barco de forma estúpida e repentina.

Diário de Ramira

Minha mão despencou na água e molhou meus dedos, acordei. Eu sou Ramira, repetia em voz baixa para mim mesma, precisava me ouvir. Estava quase sem roupa, tinha um lenço grande amarrado na cintura. Flutuava sobre um pedaço de madeira, de mais ou menos um metro e meio de comprimento por setenta centímetros de largura.

Nunca fui boa em medidas nem em matemática, sou zero em números. Meu corpo doía, não fazia ideia de onde vieram aqueles hematomas da minha perna direita, tinha também um ferimento no pescoço e uma sensação esquisita, incômoda, nunca havia sentido nada parecido. Parecia que havia dormido a vida toda enrolada como um caracol e que só hoje, nesta manhã, ou tarde, me desenrolei. Eu sou Ramira, repetia. É a primeira vez que via meu corpo dessa maneira, procurando algum resquício que me ajudasse a entender, a lembrar o que havia acontecido. Nada na mente. Olhava para os lados, para a frente, não via nada boiando perto de mim, nenhum outro pedaço de madeira. Estava calma e sonolenta, anestesiada pelas pancadas, eu achava. Sentia muito sono. Eu sou Ramira. Ra-mi-ra... Não fosse o sol, viraria para o outro lado e dormiria mais dois anos.

Aquela paisagem, se fosse vista de cima de um edifício, seria como uma fotografia abstrata, algo quase surreal. Uma imensidão azul bem clara e um pedaço de madeira no meio, boiando com uma coisa que se move lentamente em cima. Fotos não se mexiam. Não devia parecer um corpo, mas era, era um corpo-objeto em posição fetal. Um destroço irregular que boiava harmoniosamente sobre a calmaria turquesa. Uma música linda e clássica poderia ter tocado naquele momento único para acompanhar aquele quadro. A melodia cairia muito bem com a pintura. Mas era realidade. Leveza *versus* sono, sono *versus* silêncio.

`Parte 2`

O sol está forte, Ramira boia sobre o que sobrou do barco.

A Cidade Dividida está a quilômetros de distância, nenhum sinal do naufrágio. Não há vestígio de morte, nada que possa evidenciar o que houve, algo que fizesse com que Ramira se lembrasse de alguma coisa.

A Cidade Nova não estava tão longe assim, apesar de não haver nada em torno que os olhos pudessem ver.

O mar parecia um espelho agora, não era o mesmo mar de três dias atrás. O céu era de um azul calmo agora, não era o mesmo céu de três dias atrás. O vento parecia não soprar agora, só existir, definitivamente não era o mesmo vento de três dias atrás.

Ramira acordou, disse seu nome várias vezes em voz alta, molhou as mãos, lavou o rosto, trançou os cabelos e se pôs em posição fetal, só que para o outro lado. Ela parecia resiliente. O desespero parecia longe de despontar, assim como a lembrança de Bud, do barco, da fuga, de Nage, da mãe...

Absolutamente nada que a ligasse à sua realidade vinha à sua mente.

Diário de Ramira

Eu dormi tanto, o sol queimando tudo

Eu flutuava

Eu morta

ou não?

Eu, eu, eu

Sem corpo

Com e sem membros

Com e sem dores

Sem memória

Sem fome

Sem vida

Eu, somente eu, viva.

Minha memória era um espaço vazio, meu nome cintilava de leve na minha boca. Sentia fome e sede, mas não me preocupava tanto, a intuição pulsava forte no meu peito e sabia que uma garoa fina pingaria ainda naquela tarde, mas não conseguia desvendar como sentia aquilo. Na tela branca dos meus olhos fechados por causa do sol, eu aparecia criança, pequena e magra, com os cabelos atados no topo da cabeça, parecendo um coqueiro único sobre uma ilha, eu era engraçada e carismática. Quem fez meu penteado foi uma mulher, mas não via seu rosto. Eu-criança feliz indo para a escola, a mochila bem maior do que algo infantil. A mulher sem rosto pegava minha mão e me levava caminhando. As outras crianças chegavam em carros, motos, bicicletas. Só eu a pé. Isso me causava um certo desconforto. "Queria ser igual às outras", eu-criança pensava.

Tudo sumia de repente, a tela voltava branca e brilhante. O sol enfraquecia um pouco, só um pouco. Uma nuvem tampava os piores raios. Sentei com as mãos sobre os olhos, uma marola quase imperceptível me fez tirar uma das mãos e me apoiei no meu chão flutuante. Encostei numa gosma esverdeada. Como surgiu aquilo? Uma confusão total na cabeça. Peguei esse monte pegajoso e coloquei na boca, eram algas, enguli tudo, até o final, até o fiozinho que escorreu pelo meu queixo.

Começa a garoar por volta das quinze horas. Ramira abre a boca olhando o céu, faz concha com as mãos e se deixa molhar suavemente. O tempo é um acalento, ela pensa. Não sente fome, nem sede agora, só a incerteza das coisas, da vida. A quietude de tudo, a água que bate na madeira faz um barulho fraco e bom pra acalmar a situação. Enquanto bebe a água da chuva lembra da mãe e de Nage. A mulher que fazia o penteado criou forma e seu rosto apareceu, pensamentos desordenados, todos ao mesmo tempo, invadiram a mente de Ramira, como se cada gota de chuva fosse um resquício de memória voltando. Ela começa a chorar subitamente de um jeito assustador, tem grito junto, ela sente o gosto salgado da dor chorada, da dor sentida, expurgada. Resolve ficar de pé num impulso de angústia.

Agora, sim, veio tudo, num jorro de certeza de que está só, começam a surgir tantas coisas, tanto medo, tanto bolor da vida que tinha... Ramira se raspa com força na madeira, ela quer se cortar, se machucar, se esfolar viva, sentir outra coisa, qualquer coisa, menos a sua realidade.

Diário de Ramira

Enquanto as gotas pingavam no meu rosto, lembrei que lavava a cabeça de outra criança, com espuma de lavanda misturada com erva-doce. Era Nage, minha irmãzinha, meu amor. Sofá, solidão, sol nascendo, escola. Eu arrumava seus cabelos, penteava e prendia presilhas de flor.

A mulher sem rosto foi a mãe que tive até há uns dias. Onde elas estariam agora? Eu aqui, me sentindo vigiada por nuvens brancas cheias de chuva fraca. Sentia vontade de condensar o sal que sai dos meus próprios olhos de tanto chorar, transformá-lo em flocos de lágrimas, que virariam pérolas sem cor. Então eu faria um colar pesado com a minha própria dor, seria tão denso que esse pedaço de madeira que me mantém viva afundaria. Sem que eu tivesse que fazer alguma coisa, não, não faria nada, só deixaria a água me invadir.

De quem mais eu sentia falta? De quem mais? Quase caí no mar, porque resolvi pular para ver se afundava. Queria ser levada para a região abissal, ser engolida por algum monstro marinho idiota e branco. Deitei sem força, sem fome, sem sede. E achava que estava delirando.

Escutava meu nome e, dessa vez, não era eu.

Parte 3

A Voz

Gosto de nadar bem perto da área perigosa, gosto da sensação do possível fim. Sempre me posiciono de barriga pra cima, entre a corrente de água quente e a película transparente que divide minha pseudossegurança do ar aberto.

Amo observar as gaivotas olhando pra mim, elas nunca se acostumam com a minha cor e a velocidade dos meus movimentos. A única coisa chata é que esse "sarro" que tiro delas me faz sorrir de boca aberta e por isso sempre acabo engolindo bolhas e algas indesejadas. Sim, minha vida, essa que escolhi, se aproxima da perfeição, quer dizer, do meu conceito de perfeição. Distraída/o acabo batendo de leve num pedaço de desespero de alguém.

Esse alguém é uma mulher perdida! Eu sei que ela é visível sendo uma, mas enxergo três, a mulher, a moça e a criança, todas sendo uma. Ahhhh, eu tenho pouca idade, me disseram 12 anos, algumas palavras ainda não sei e o significado de tudo é novidade. Mas aqui, hoje, o foco não sou eu... quando realmente eu existir, daí sim, daí serei EU, com letra maiúscula.

Tirei essas plantas do meu suposto cabelo, enxaguei e coloquei no pedaço de barco para a menina comer um pouco.

Diário de Ramira

Todas as nuvens que via não possuíam forma, eram daquelas transparentes que pareciam fumaça. Nuvens feias e sujas. Contei sete gaivotas, elas estavam bem próximas e eram tão curiosas que quase pousavam em mim. Senti um peixe grande bater no casco do barco, já me sentia num barco de verdade, foi de leve, mas tive medo. Sobraram alguns fiapos de alga, comi de novo, antes que apodrecesse. Meu instinto de sobrevivência me fazia escutar meu próprio nome, cheguei a pensar que nessa coisa que engoli sem mastigar poderia ter alguma substância alucinógena, porque, enquanto escutava coisas, sentia sono e leveza.

Sentava de pernas cruzadas, arrumava a postura. Eu era um Buda sobre um cogumelo flutuante, era uma rainha triste das águas calmas, era uma deusa de mim mesma!

A diversão sobre a catástrofe, por que não? Sim! Sim! Sim! Gritava sim para tudo, para todas as ondas, sim! E, de repente, escutei outro sim... dessa vez veio de trás, virei meu rosto rapidamente e nada... uma marola estranha talvez... Deveria ser final de tarde, a paisagem mudava um pouco, parecia que estava velejando e que minha trança voava alto e queria alcançá-la; sim, pensava coisas desconexas, há pouco urinava como se nada tivesse acontecido e tive o cuidado de encher as mãos de água e me lavar, daqui a pouco começarei a gostar desse modo de vida, eu pensei até nisso. Mergulharei de corpo todo, ai de mim, era uma farsa de risadas... A luz toda amarela naquele dia. Estava destruída por dentro e com sonhos dependurados por todos os lados.

Nage morta e fria, a mãe louca, o pai longe em outro céu e quem mais? Quem mais? Sabia que tinha mais alguém...

A voz

O moço que tentei salvar...

Diário de Ramira

Escutei dentro da minha cabeça um suspiro que não era meu. "Eu te amo", eu escutei, e junto com essa sensação veio um aconchego, um abraço, um amor que ficou lá, em algum canto da minha memória.

A voz

Bud, o nome dele era Bud.

Diário de Ramira

Olhos grandes e escuros, um sorriso largo, um lenço para se proteger do sol, dos outros. Uma dor lancinante me atravessou o peito, caí no caos de pensamentos, o moço, meu amor, Bud, meu coração ardeu, tudo ao mesmo tempo, de novo a porrada no peito da dor... os terríveis gatos, nossa fuga, a tempestade, a pedra negra, a chuva oleosa, raios no barco da partida, não conseguia ver nada, nem ouvir os gritos dos que se afogavam, me segurei em mim, minhas mãos o perderam, as pernas bambas, eu encharcada, a mãe ficou, Nage fria e dura, Bud, eu tua, eu nunca mais.

A voz

Eu a fiz chorar... Não era isso que eu queria!

Agora ela chora alto, sua voz é tão linda, ela grita coisas sem sentido pra mim. Eu a olho demais ou menos vinte metros de distância. Emano coisas boas pra ela, pra Ramira, que nome louco esse.

Começa a anoitecer e preciso cuidar para que fique segura. A lua está tão grande e amarela, e logo logo vai surgir. Vou bem por baixo para não assustá-la dessa vez, seguro o destroço de madeira lentamente e arrasto para um lugar mais tranquilo, aos poucos vou levando-a assim para a Cidade Nova. Vou cantar baixinho agora, talvez ajude.

Diário de Ramira

No meio do oceano de desgosto, surgiu uma luz forte, é a lua que tinha uma cor tão vibrante que até parecia o sol. A lua-sol canta? Quem canta? Escuto uma melodia tão diferente de tudo que já ouvi. Jurava que parecia a lua que cantava pra mim, que pretensiosa sou às vezes. Só eu a via assim, só pra mim seria assim, cantante e para os meus ouvidos apenas, eu, eu, eu. Parei de chorar de supetão (Adorava a palavra su-pe--tão, porque é uma palavra concreta, é quase um objeto que explica uma atitude, e uma atitude é algo não palpável, mas não necessariamente abstrato). Queria que minha irmãzinha acordasse de supetão, queria que a mãe virasse mãe de novo, de supetão, queria Bud em mim agora, de supetão, essa ficou redundante, "agora" e "supetão" é quase igual, queria um prato de falafel, de supetão, meu Deus estou rindo de supetão, e, assim, fiquei calma.

Escutei um canto tão doce e inacreditavelmente gostei de estar boiando e viva. É tudo tão grandioso, forte e de alguma forma me sentia plena e grata por... por tudo.

A voz

Deu certo!!!!

Diário de Ramira

Tirei a roupa e, sem saber o motivo, dobrei bem certinho.

A voz

Ela está nua e feliz! Eu sabia! Preciso me afastar de novo, acho que ela vai mergulhar... não posso assustá-la... não quero e não posso... ou posso?

Diário de Ramira

A água era negra, a noite estava clara pela luz da lua, mergulhei e comecei a pedir coisas e a agradecer por estar segura. Estranhamente não me sentia só.

Nunca soube dar o tal salto de cabeça, isso me veio na memória, para não dar minha milionésima barrigada, me segurei no chão de madeira, minha casa-cama provisória e mergulhei confiante. O melhor banho de mar, o melhor de todos da minha vida. A água me lambia morna e terna, me trazia plenitude, me unia com meus ancestrais, com as minhas raízes e crenças verdadeiras, eu era uma só com tudo. Uivava dentro de mim para me sentir consciente e gritei Viva!!! Viva!!!!

A voz

Ramira grita água viva? Será que está machucada? O que eu faço?

Diário de Ramira

Uma coisa encostou em mim. Um pânico fez com que subisse quase que de um salto acrobático para minha casa molhada. Meu coração batia tão rápido, que parecia que ia decolar. Puxei o ar pelo nariz, busquei a calma... calma Ramira, calma, foi um peixe, um golfinho macio e doce. Enxuguei-me com o lenço e me vesti, meio tensa, meio louca. Cruzei os dedos em forma de oração, mas não sei como comecei a rezar, a brisa era fresca, meu queixo batia rápido. Vinha-me à cabeça uma meditação: um ovo rosa de luz me envolvia e, para qualquer lado que eu olhasse, um golfinho me protegia.

Lembrei que tive aulas de natação quando pequena. De aprender a nadar eu não gostava, sempre odiei exercícios impostos, do que eu mais gostava era de ter esse queixo batendo e da minha mãe me enrolando numa toalha de pintinhos amarelos, e quando eu batia o queixo assim ela achava graça, então eu cantava qualquer coisa só pra ver ela rindo mais... Nada se comparava ao humor da mãe, a sua risada tímida que, de vez em quando, se abria grande.

A voz

Será que ela pode morrer de frio? Sopro um vento quente com toda a força do pulmão, nunca sei se tenho pulmão, só sei que farei isso agora, de supetão.

Diário de Ramira

Subitamente um ar morno secou totalmente minha roupa e me envolveu como a toalha da infância. Pensei em mim com 8 anos, indo para algum lugar onde a calçada estreita fazia com que me equilibrasse no paralelepípedo e chamava essa brincadeira de pontezinha, o precipício tinha dois palmos de profundidade. A brincadeira era boba, mas eu amava, era só minha. Não podia cair ali e, se caísse, com um minúsculo salto, subia de novo e de novo e de novo, como fazem as crianças.

O ar morno de novo

Eu quente e tranquila

A Lua forte como o Sol

A água como espelho

E algum tipo de companhia indecifrável

Tem alguém aí?

Alguém aí?

Tem?

aí?

A voz

Dou tanta risada agora, me deu vontade de saltar para fora da água e dar rodopios no ar e quem sabe fazer um *show* pra ela. Não sei como me conter... resolvi mergulhar o mais fundo que posso para poder comemorar e cantar alto.

Diário de Ramira

Comecei a cantarolar dentro da minha cabeça a melodia de uma canção estrangeira, acho que era um bolero. É como se eu estivesse em casa, tomei banho e me aprontei pra dormir e, enquanto o sono não vinha, ouvia uma música antiga pra me autoninar. Nem eu acreditava naquilo. Deitei de lado, abracei minhas pernas, a direita ainda doía, a música continuava aqui dentro.

Olhei ao longe e imaginei uma criatura do mar, uma espécie de cachorro marinho, sempre gostei de fazer isso. Quando Nage ainda nem era nascida, e eu viajava de carro com a mãe e o pai, o que eu mais gostava era de olhar as montanhas da estrada e imaginar lobos uivando e descendo aos montes atrás do nosso carro. Eu chegava a me esconder de tanto medo e, daí, vinha o sono, e eu dormia. E assim, como antes, durmo.

A voz

Voltei para a superfície, Ramira dorme profundamente. Me ajeito debaixo de sua "casa" flutuante. Estamos abrigadas/os, pelo menos me sinto assim, uma música dançante me vem na mente, durmo também.

Parte 4

A voz

Os humanos ficam dormindo por cerca de oito horas por noite. Não dá para acreditar o quanto de tempo que ficam nesse estado. Os olhos devem ficar exaustos de tanto não olhar nada. Bom, tem os sonhos, nos sonhos os olhos enxergam pra dentro. Dormi três horas e nadei por cinco, levando Ramira para a encosta da Cidade Nova. Quando ela acordar, estará a uns duzentos metros da praia. Vou sentir tanta saudade dela e do seu jeito, queria ter um jeito assim, mas isso já nasce com o ser. Sempre que imagino essa história de nascer e morrer, me dói a cabeça e não chego a conclusões que me agradem. Enquanto nado, me distraio com filosofias sobre a existência e me pego pensando se eu mesmo/a existo concretamente ou sou uma ilusão.

E quando paramos de existir e quando começamos a não existir mais... o outro lado... passar para esse tal lado vem de forma galopante, um piscar de olhos, um mergulho errado, um veneno em vez de alimento, uma palavra torta, a cabeça estoura num golpe, mil maneiras, e acordamos nesse outro lugar-lado...

O que imagino sobre isso é lindo e tem também doze anos e tem uma luz colorida e imensa, com cores que inexistem aqui e tem um ventinho morno, figuras amadas, flores que cantam com pequenas boquinhas nas pétalas... começo a cansar agora, de nadar e de mim.

Diário de Ramira

Acordei pensando em vidas passadas, o sono da morte, um sono profundo... Como seria se eu despertasse em outro lugar, será que seria eu mesma? Nesse corpo? Sonhos e pesadelos no mesmo sono, o pesadelo é o sonho com máscara de bicho ruim.

Devo ter dormido oito horas direto, sem medos reais, sem frio, sem desconforto. Como poderia ser? A manhã era alaranjada, um mormaço me fazia espremer os olhos, uma pontada fazia cócegas na minha barriga. Meus seios doíam um pouco, me virava para o céu azul e puro, a cabeça para a esquerda, e tinha visões, devia estar ficando louca, enxergava a praia calma, sem ondas, a areia com muitas pedras cinza e as casas enfileiradas na costa. Eram casas simples e de estilo colonial, um outro mundo pra mim, sim, era meu novo lar, a Cidade Nova!

Ainda era tão manhã que todos dormiam, e eu, sonolenta e não querendo despertar daquele sonho, adormecia novamente.

No sonho lúcido, uma grande mão com cor de mármore me aconchegava, era quente. O teto do quarto em que dormia era baixo e tinha estrelas que brilhavam sem atrapalhar a embriaguez, eu ali, nunca fui tão inteira, tão eu mesma, tinha certeza que pulsava outro coração em mim, eu dois corações, eu duas naquela hora, eu cheia e completa, eu transbordando de vida, eu coragem, eu fé, eu futuro, eu agora, eu acompanhada, eu amor, amor, amor.

A voz

Essa Ramira é única. Estou exausto/a de nadar até aqui e ela acorda, olha a praia, a terra firme e adormece. Definitivamente ela é singular. Morfeu e seus fidelíssimos adeptos.

Parte 5

Acordei porque meu barco-destroço encalhou na praia. Levantei com cuidado, sentia uma tontura e um zumbido no ouvido, via coisas da minha meninice desenhadas na areia, meus ombros pesados me levaram para o chão. Desmaiei.

Despertei numa cama linda de ferro, com cobertor suave de penas e uma senhora me olhando com ternura. Pensei que tivesse morrido.

Uma vez fui à casa de uma amiga brincar. Era de tarde, tinha sol, e o casarão antigo da amiga, que se chamava Samia, ficava numa ladeira de pedras, cheiros fortes de maresia, frutas passadas e coisas quebradas. Não sei por que naquela tarde não quis levar Nage. Dentro da casa tinha pouca luz e um chão encerado e vermelho. Amava essa atmosfera, no ar quente algo fervia na chaleira. Uma conversa estranha começou entre pessoas estranhas lá fora, então desci a escada barulhenta e fui espiar, pura curiosidade infantil, barulhenta porque era de madeira muito gasta. Ah, eu tinha uns 13 anos.

Samia ficou me chamando, ouvi meu nome quatro vezes, mas não olhei pra trás e segui minha intuição.

Lá fora, o calor era quase insuportável, nada de brisa, nada de sombra. Fui subindo a rua pela calçada, perdi de vista o grupo que falava alto. Comecei a caminhar devagar e a olhar para meus passos, como se a calçada fosse rolante e, de repente, eu sumi. Sim, meu corpo saiu de cena. Virei só meu olhar, eu era nada e me enxergava flutuando a uns dois palmos do chão, meio transparente, deitada e de olhos fechados. Tudo isso durou segundos, e, quando me dei conta do que tinha me acontecido, desci a ladeira correndo para a casa da amiga, estava encantada. Lembro muito bem que tive a certeza de estar morta, como agora... Apesar de não ter morrido, acredito que uma experiência dessas mata um pouco a gente, sim, mata para poder continuar vivendo. Acho que é isso que chamam de paradoxo.

— Que bom que acordou.

— Eu morri?

— Não, mas quase.

— Estou na Cidade Nova, certo?

— Certo, querida... Mas tente descansar mais um pouco, não pensar em nada, pois você ainda está se recuperando.

— E a senhora? Quem é? Poxa, e esse lugar tão lindo, muito obrigada por ter me acolhido.

— Me chamo Marília, moro sozinha aqui há 15 anos. Vim pra cá em busca de paz, liberdade, alegria e todas as coisas que não estava conseguindo onde morava antes.

— Nossa, meus motivos são os mesmos.

— Agora vou fazer uma comidinha pra você.

Com o passar dos dias fui me adaptando à nova vida. Eu e Marília tínhamos tantos pontos em comum que morarmos juntas definitivamente foi natural. Nossa rotina ritualística fazia com que me sentisse sempre renovada. Cozinhávamos, fazíamos caminhadas, íamos para a praia, ouvíamos música e líamos uma para a outra. Logo comecei a trabalhar na chocolateria que Marília abrira, a única da cidade.

Nossa casa era de frente para o mar e diversas vezes me distraía olhando as ondas, algo me hipnotizava a alma. Aos poucos, fui contando minha história para minha nova mãe. Ela escutava atenta e no final sempre chorava, e eu também... "Somos duas choronas", então ríamos de nós mesmas. Nossas noites eram regadas a cafés exóticos, chás perfumados e pães incrivelmente quentes.

Quando minha barriga começou a crescer, resolvemos decorar o quarto com golfinhos e estrelas do mar. Desenhei um ovinho rosa num dos cantos do quarto, perto do rodapé, mas só eu sabia disso.

Ontem vi uma mulher na rua paralela à nossa casa, era tão parecida com a mãe! Meu peito ficou sem ar e senti um nó na garganta. Nesses tempos em que tudo cresce em mim, tenho evitado pensar na vida que levava na Cidade Velha porque me faz muito mal. É uma saudade que não tem cura, uma saudade dos dias em que não vivi com Nage e com a mãe, de uma vida que não vivi com Bud, meu único amor.

Sonho com ele de vez em quando e tento sufocar a esperança que de quando em quando vem em minha cabeça.

Tenho que pensar no hoje

No sempre hoje

E sufocando o ontem

Sigo

Às vezes sem ar

Mas sigo

A voz

    Todos os meses, volto à Cidade Nova para ver Ramira. Fico a uns vinte metros da praia. Ela passeia com uma senhora, está tão linda. As duas caminham na areia, às vezes de mãos dadas, como irmãs, estão sempre conversando, parece que nunca falta assunto.

    Ramira afaga a barriga e vez ou outra olha na minha direção. De noite também a vejo, ela acende a luz do seu quarto, no andar de cima de onde mora, e passa horas na janela olhando o mar, tenho a impressão de que me procura, mas devo estar ficando louco/a. Um dia desses, ou numa noite clara, juro que darei um salto e acenarei para ela! Imagina o susto que ela vai tomar!

    Fico sonhando com esse momento, mas sei que é impossível.

Diário de Ramira

Na chocolateria, os dias passam como num livro, folha por folha, página por página. Os detalhes da minha vida seguem cheios de arabescos e rococós.

Marília cuida de mim e me conhece como ninguém. Ela percebe quando estou triste e, neste estado especial, nem tento esconder, não consigo.

É que achei que tivesse visto a mãe na rua um dia desses e me veio na memória o olhar dela, e isso meio que acabou comigo.

Parte 6

Diário de Ramira

Sobre os olhos da mãe:

Eram castanhos escuros e grandes comparados aos outros olhos, eram fundos, às vezes cadavéricos. A pálpebra era imensa e um pouco caída, melancólica. Amendoados, cílios grandes, pouca sobrancelha, tirou muito na adolescência e os pelos se foram, então ela tatuou de leve, mas saiu com o tempo. O mais importante dos olhos da mãe é que eram profundamente tristes, uma saudade morava neles e isso é tão arrebatador que doía fisicamente em mim. Quando minha cabeça visitava os olhos da mãe, Marília me trazia um chá fraco de melissa, ela mesma o preparava, a infusão vinha até minhas mãos numa caneca de cerâmica, era a que eu mais gostava, tão orgânica, que respirava junto comigo, a caneca. Acredito que os objetos respiram quando são feitos à mão e essa peça em particular suspirava junto, juro.

Ah, Marília, Marília... só você.

Um agrado para Mar e Ilha:

Um dia você me achou

Cheia de areia e dor

Me pegou no colo

Do amor

E agora eu tenho

Alguém, eu

Tenho dois

Você e meu filho

Sou muito

Agora.

Sei que não escrevo bem, não entendo de poesia nem nada, mas depois do chá, escrevi essa coisinha num guardanapo da chocolateria e entreguei pra ela. Então, para não perder o costume, choramos e rimos ao mesmo tempo.

Parte 7

Diário de Ramira

Nossa cidade girava em torno do turismo e da pesca. Tínhamos muitos clientes fiéis e nosso círculo social era grande, mas, com o passar do tempo, me tornei uma mulher pouco receptiva, sentia que nossa tríade era meio fechada e não aprofundava conversas com mais ninguém. Simpática sempre fui, disfarçava bem para os outros, e para Marília estava bom assim. Quando fez oito meses em que cheguei na Cidade Nova, ela me deu um diário. Chegou em casa com um embrulho me dizendo que era o dia do meu aniversário e que essa seria a minha nova data de nascimento.

Adorei o presente e me agarrei a ele com entusiasmo e emoção. Marília conhecia tanto de mim, o pacote era rústico, assim, meio amassado, de papel feito em casa e amarrado com barbante.

Comecei a preencher as páginas de supetão, na mesma noite em que ganhei o diário, com o objetivo de contar tudo para minha criança que rodopiava dentro de mim. Dessa vez usei as duas palavras e ficou bom.

A voz

Ramira não fica mais olhando o mar como ficava antes. Agora ela posicionou uma escrivaninha em frente à janela e passa boa parte da noite escrevendo à luz de três velas grossas. Não entendo muito o motivo das velas, mas a imagem é poética. Espero ansioso/a o nascimento do filho. Meu coração se enche de alegria, e uma vasta clareza do porquê da minha existência nasce em mim. Sinto que quando o filho nascer posso seguir outros rumos. Até lá passarei por aqui de quando em quando.

Diário de Ramira

Com o diário em mãos, nasceu outra Ramira, essa que agora escreve aqui.

Sigo meus dias um a um, respirando o futuro e esquecendo do agora... Sinto que a gravidez me anestesia.

Hoje pela manhã, senti mil chutes quando fazia minha caminhada antes de ir trabalhar. Meu filho chutava tão forte que precisei parar um pouco, me concentrar no presente, essa foi a mensagem do meu pequeno. Conversei mentalmente com ele e o acalmei, falta pouco... ainda assim, em êxtase, meio cambaleante de vida, subi as escadas que levam ao meu quarto, me sentei na mesa e comecei a escrever!

Vou enviar essa carta pelo correio para meu próprio filhinho, sim, é um menino, quero que a primeira carta que ele receba na vida seja esta! Sei que está fora de moda, mas isso não tem importância, e junto com a carta farei um desenho, não sei desenhar, mas vou fazer o melhor possível.

Arthur, meu filho

Você é o grande amor da minha vida. Nós dois viemos de um lugar que já foi muito lindo e que hoje em dia se calou dentro de mim. Nosso lar agora é esta casa, e nossa família é diferente, pois você tem a mamãe e uma avó torta, que se chama Marília, a pessoa mais generosa que já conheci e que nos ama muito, somos sortudos!

Sim, meu pequeno ursinho, existem pessoas más, mas essa vovó é muito especial e salvou duas vidas de uma só vez, a minha e a sua, quando você ainda era um peixinho na barriga da mamãe.

Seu pai se chama Bud, adora usar lenços coloridos e é um grande herói... Nós nos perdemos um do outro na viagem até aqui, mas algo me diz que ele mora em alguma ilha distante e tenta incansavelmente me achar e sobreviver de alguma forma.

Arthur, você tem outra avó, mas ela também está perdida, quem sabe um dia ela nos encontre? Não podemos perder a esperança! Sabia que sua tia Nage também é criança? Sim, ela mora no céu, cercada por estrelas e sóis brilhantes, e cuida da gente lá de cima. Sabe filho, a natureza é sábia e às vezes fica triste e brava... Na vinda para a Cidade Nova, ela ficou de mau humor e gritou com o barco que nos trazia e tudo virou de ponta-cabeça! A mamãe ficou sozinha flutuando sobre um pedaço de madeira, guardei uma lasquinha dele na gaveta da cômoda branca, nem sei por que, mas o que você precisa saber é que uma sereia nos ajudou. Isso é o mais relevante de tudo que escrevi até agora.

Durante muitos dias e noites, ela me deu alimento, água, soprou ventos quentes para me aquecer, cantou para me acalmar e me confortou nos momentos mais difíceis. Não sei qual é o seu nome, aliás, acho que ela nem sabe que sei de sua existência, ela preferiu assim e eu a respeitei. Não sei onde ela está agora, mas sinto que ainda cuida de mim; por esse motivo, passo tantas horas olhando o mar, na esperança de que ela queira fazer algum contato comigo. Olha como somos abençoados, temos dois anjos na nossa vida, a vovó Marília e a sereia... que título lindo para um livro, não? "Vovó Marília e a Sereia", quem sabe um dia eu escreva essa historinha.

Filho, esse será nosso segredo para toda vida. Sabe meu amor, mesmo que nunca mais eu a veja, eu sei que guias, anjos, seres iluminados, ou seja lá o que for, existem e podem tomar diferentes formas, nunca se esqueça desse fato; por isso, nunca mais me senti só e, se você um dia se sentir assim, é só olhar o mar...

A nossa sereia era mais ou menos assim:

Com amor infinito,

Mamãe Ramira.

A vida de Sunny

Onde mora a coisa

Ela faz com força, gosta de se machucar. Ela come a coxa de frango engordurada, pega com a mão esquerda e não limpa os pedaços que caem no piso da sala. Ela ri alto de alguma coisa que passa na televisão. Com a outra mão, ela empurra um frasco de desodorante *rolon* para dentro e para fora. O gemido de prazer se confunde com os gritos frenéticos de mulheres do programa de auditório. Isso sempre se repete, fico muito enjoada e, ao mesmo tempo, com fome. Ela é loira, pintada, tem 54 anos, nunca usa roupa de baixo, é vulgar, é bonita, tem estatura mediana, está sempre maquiada e de vestido curto, tem uma porção deles. Suas pernas são musculosas, corpo esguio, pulseiras plásticas, brincos plásticos. Não sei seu nome. Ela é minha mãe.

Aqui no armário da sala tem uma fresta de uns três centímetros de altura, ela passa os pratos com restos de comida por essa fresta. Minha mão é pequena e quase não consigo erguer o prato. Como igual a um cachorro come. Sempre tem farelo de pão, arroz, pedaços de legumes e água, tudo bem mole e boiando. Recebo o mesmo prato duas vezes por dia. Ela sempre me manda calar a boca e diz que só receberei a segunda refeição de noite se não fizer nenhum barulho.

Meu braço está cheio de hematomas, para não chorar alto acabo me mordendo. Ela é minha mãe.

A sala tem um aparelho de tevê sobre uma mesa alta perto da parede, que é verde. Tem uma poltrona de courino marrom desbotado bem em frente, um sofá amarelo com uma manta colorida sobre o encosto. Uma mesa pequena entre a poltrona e o sofá, cheio de garrafas abertas de cerveja, e um cinzeiro de vidro bem grande com velhas bitucas de cigarros. O lustre da sala é de três lâmpadas, e um ventilador sai disso tudo e faz um barulho repetitivo. A janela fica ao lado da porta de entrada da casa e o vidro é martelado. A cortina é de renda encardida e está sempre fechada. Até onde consigo ver, tem outra porta estreita que vai para a cozinha. Ah, o chão é de tacos de madeira escura, não tem tapetes nem enfeites, e uns tacos próximos da porta de entrada descolaram. O interruptor de luz é pintado de verde para combinar com as paredes, e perto do rodapé está descascando a tinta. O teto é todo mofado e nos cantos tem teias de aranhas que sempre moraram ali. O armário fica na parede oposta à janela de vidro martelado. É de imbuia, tem mais ou menos uns 30 anos. O cupim não ataca porque a madeira é tratada. O modelo é com três gavetas grandes e duas pequenas. Fico na parte de cima. A fechadura é reforçada e sobre a fresta, já contei. Se faço movimentos bruscos, ouço estalos na parte de trás do armário, mas é bem pregado e seguro.

Aula de ballet

Dou tantas piruetas que fico tonta. A professora de *ballet* pede que eu olhe para minhas mãos, são pequenas as minhas mãos, ainda sou nova. Acho que tenho 8 anos. A barra de ferro da sala de aula tem dois níveis, só alcanço o primeiro. *Plié*, Gram *grand plié*, primeira posição, segunda posição, *dévellopé*! A professora é muito doce, a voz é enérgica e ao mesmo tempo macia. "Olhando a mãozinha, Su!" Faço tudo como ela pede. A sala de *ballet* é o lugar de que mais gosto. Das minhas mãos não gosto, são muito magras, com veias azuis e saltadas. O chão é de tábuas largas de madeira, mas por cima tem linóleo preto e bem lustroso, os dois espelhos são imensos e vão até o teto, luzes âmbar por todo o céu. Digo, céu da sala. A música é suave, e quem toca o piano eu não sei. Não sei quem faz a música e nem de onde ela vem. Olho por tudo e não consigo descobrir. Atenção às mãos, Sunny! O piano com acordes que desconheço, as luzes amareladas no céu do teto, a sala que cheira a dropes de morango, olhar ao redor. Visto um *collant*, um casaquinho de lã transpassado na frente, meia calça, polainas e sapatilhas, tudo rosa claro. Nos cabelos, um coque bem no alto da cabeça. Fico desconcentrada às vezes, faço as aulas para me distrair, mas não quero ser uma bailarina de verdade.

Olhando no espelho agora, me perco nos passos, percebo que não são mais aquelas mãos... as unhas sujas, com cascas de pele seca, dedos magros, comidos até a carne, transparentes. O som virou outra coisa, me perdi na dança, nos exercícios, a voz da professora não é mais a mesma, virou a voz da mãe: "Cala a boca, cadela! Cadelinha, se não parar com esse barulho, te esfolo viva!". De repente acho que a mãe está certa quando grita "viva"! Ainda estou aqui, sinto dor nos pés de tanto esmero que tenho ao esticá-los assim, fazendo a ponta.

Eu queria escrever mais coisas sobre o *ballet*, sobre isso tudo, eu queria ser poética e alongar mais esse assunto, infelizmente já disse que ando em devaneios, desconcentrada, sem foco, não consegui, voltei a viver então.

Foi empurrado pra mim outro prato de comida, o ruído da louça arranhando a madeira, não tinha percebido ainda, estava ocupada dançando.

Tenho a sensação de que meus olhos são arregalados porque sempre quero enxergar melhor. Estou tão cansada, fico de quatro e lambo o prato, como tudo, até os pedaços de chuchu. Quando acabo a refeição da noite, empurro o prato de volta pra ela, novamente o ruído da louça arranhando a madeira, ela pega bruscamente o prato, ela, que é minha mãe.

Preciso obedecer a muitas regras aqui, principalmente quando chegam os homens. Geralmente vem um por vez, mas já vi mais de um. Já deu briga com garrafadas, e as manchas de sangue no sofá ainda não saíram.

Lista de regras

Não vou listar absolutamente nada, sei todas de cor e chumaços de cabelo tenho perdido por elas. Algumas regras eu mesma me imponho; por exemplo, essa de arrancar meu próprio cabelo é uma delas, já se foram dois dentes também.

Sobre arrancar o próprio dente por não saber mais sentir dor

"Um dente que voou

Só

pelo céu azul

pensando bem

sozinho como eu

brilha agora bem longe

Estrela orbital que me acompanha

uma vez já morou

em outro céu

no da minha boca."

Entendi uma das regras

Dançando *ballet*, ao som de piano clássico, me olhava no espelho ao lado da bailarina professora, alta e adulta. Nós duas refletidas ali. Tão bonitas nós duas.

Nessa noite exaurida da aula, dormi com um tantinho do meu dedo pra fora da fresta. Acordei sem ele. Desobedeci, falhei. Perdi a ponta do dedo. Desmaiei de dor.

A rotina que não é

O sonho que não é do carro que passa

Sou infinitamente pequena para essa poça de sangue. Não sinto minha mão direita. Não sinto nada. Acordei afogada aqui, numa gosma molhada de coágulos meus. A luz é pouca e choro pra dentro. Meus olhinhos estão virados pra dentro também. Isso que choro, nem chamo mais de choro, faz parte do meu despertar. É abafado e tão molhado que nado em mim, com braçadas de quem nunca chegará ao outro lado.

Expiando, vejo um homem entrar pela porta da sala, nem tocou a campainha, nem nada. Ele tem barba, usa um boné *jeans* virado pra trás, veste uma camisa amarela surrada e uma calça cinza. Com muitos pelos nos braços e mãos enormes. A pele do rosto é avermelhada, e a boca parece inchada. Carrega nas mãos duas garrafas de cerveja, bebe um gole babado e entrega uma já aberta para a minha mãe, que o recebe com a língua pra fora. Os dois se beijam dessa forma, ele a chama de "docinho". Eles se lambem e riem muito e bem alto. A mãe veste uma saia curta de cor verde limão e apenas um sutiã preto. Usa os cabelos amarrados no topo da cabeça, brincos de bolas douradas e unhas vermelhas, dos pés e das mãos. A "docinho" liga a tevê, acende um cigarro e passa para o barbudo, que se sentou no sofá e arriou as calças calmamente. Disfarçando, ela olha para meu armário e enxerga o sangue que jorra para fora, escorre por tudo, pelo chão. Corre até a cozinha enquanto conversa amenidades consigo mesma, corre de volta para a sala com um pano de limpeza embebido em álcool e limpa a poça vermelha.

Depois da limpeza, joga o pano sujo por ali. O barbudo olha atento a tevê, nem repara nos movimentos da mãe. Então ela para em frente ao homem tapando sua visão para o programa a que ele estava assistindo. Ele a puxa violentamente pelo braço, obrigando-a a ficar de joelhos, ela reclama do modo estúpido dele. Ele não gosta e a esbofeteia, a xinga de puta suja, verme imundo. Ela rebate, e logo em seguida se beijam sofregamente, daquele jeito, com as línguas para fora, ele geme alto. Ele acende outro cigarro enquanto ela faz sexo oral nele, bem forte ela faz, tudo é bem forte. Ele diz para a mãe que se ela machucá-lo, ele a esgoela.

Começo a cantarolar de tristeza uma coisinha assim:

Eu te esgoelo

mesmo você sendo esguia

sou capaz de te dar

tesouradas no ar

Cortar tua nuca

Vazar teu calcanhar

enquanto você

doce mulher

cai e cai

Ela diz que nunca faria isso e em seguida morde o pau dele com força. Ela salta para trás e quebra uma garrafa na mesa e ameaça o homem. Diz que, se ele não sumir dali, ela cega seu olho num só golpe. Ela abre a gaveta do meu armário e tira uma faca de cortar carne, bem grande a faca. Ele junta as calças do chão, uiva de dor, feito um lobo velho e bêbado, e sai da casa cambaleando e chamando a mãe de cadela, como ela me chama. Bate a porta com tanta força que o lustre treme e quase cai no chão. Encolho-me bem atrás da porta do meu armário. Um caco de vidro verde veio parar aqui. Ganhei a pequena joia, pensei! E é bem afiado, vou usá-lo de diversas formas! Uma euforia toma conta do meu corpo e começo a me desafiar com mil ideias!

Automutilação iluminada

Penso em riscar rios em mim. Rios cheios de águas minhas, mas onde desaguariam não sei.

Ela tranca a porta meio tonta, aplausos na televisão, arrasta a poltrona até a porta da entrada para se sentir segura. Grita sozinha olhando para o alto, velho porco! Tropeça, cai, corta os joelhos, berra mais, até vir a rouquidão.

Risco aqui na virilha até a coxa, minha coxa magra e branca. A veia aberta e azul faz escorrer um líquido quente em mim. A mãe reclama de dor e vai para o banheiro, abre a torneira fria. Eu adorando a sensação, a luz entra pela fresta e deixa tudo prateado, eu lua, ela vermelha...

Eu, rio

Ela, pasto queimado

Eu, tranquila

Ela, desvairada e nua na pia

Eu rio dela

Ela, rio de águas no cano

Azulejo amarelo

Meio longa a perna da mentira

Gole de luz

Que aperta a boca e não serve pra nada

A mãe faz um curativo com mertiolate, gaze e esparadrapo. Logo pensa alto o que vai fazer com o "benzinho", ele virá amanhã. Os joelhos daquele jeito, feito rosa aberta, cortes fundos como um poço sem fundo.

Eu aqui com meios veios de rio, feliz por hoje, muito feliz. Me guardo bem de lado para não perder mais nada, me espremo bem forte até ficar ainda menor e fico à espera do prato da janta que demora muito, mas chega. Ela me manda calar a boca, me manda dormir, grita que sou cadela vadia, inferno da vida dela, apaga a luz da sala, baixa o volume da tevê e sai. Faço a refeição no breu total, estou acostumada. Dessa vez veio sopa de ervilha rala e um pedaço seco de pão dormido, lambo o prato e guardo o pão pra depois.

A madrugada chega, perco o sono. A luz do poste da rua invade a sala e reflete um fio luminoso da espessura de uma linha de costura, que vem bem direto nos meus olhos, como uma navalha que corta minha íris, e desperto. Sempre me lembro onde estou, onde moro e há anos a sensação ao acordar é o pânico, então respiro fundo várias vezes e peço ao meu corpo que desmaie, vamos desmaiar juntos eu peço, por favor, por favor, por favor.

Aula de escrever

Seguro o lápis com firmeza depois de sentir bem intensamente o cheiro da madeira. Tenho muito orgulho da letra que vai saindo redonda no meu caderno de caligrafia. A professora Ana ensina que a "perninha" do "a" se faz assim. Ela cheira a perfume de maçã verde, veste um abrigo marrom com listras amarelas do lado, usa uma espécie de avental xadrez por cima. Na frente tem um bolsão cheio de lápis de cor e canetas, e às vezes ela descansa suas mão nele. O cabelo castanho-escuro tem um corte curto esquisito, desses que a pessoa corta ela mesma, usa óculos de armação quadrada, tem a pele morena clara, não usa nada de maquiagem e é muito bonita. Acho que Ana gosta de mulheres. O nome dela é bordado nesse avental: Ana Eloísa.

Ela costuma me estimular a escrever poesias, insiste em dizer que sou boa nisso. Sempre rio porque acredito que nada que faço é muito bom, realmente não concordamos. Ana fala tanto sobre isso que resolvo me arriscar logo em duas de uma só vez. Nem sei se são poesias, professora, digo meio tímida. Leio em voz alta e ela pede que eu repita. Repito baixo e lento. Ouço a respiração dela e eu... parei de respirar. Ela de olhos fechados me escuta, me abraça forte, me estimula.

"Para que escute o som

que sai da boca

é preciso pedir um favor

ao coração.

É preciso pedir com veemência

e sarcasmo:

pare um pouco essa

palpitação, Senhor meu!

Não é só você que manda,

existem outros órgãos também!

Magoado ele para

e de uma só vez.

Passo a viver friamente,

mas com voz alta e clara,

nesse outro lugar

chamado

Céu."

e a outra:

"Para você desconhecida, quase amiga

Que de tão diferentes pensamentos

Nos tornamos de alguma forma iguais

Você nem imagina o quanto te entendo

E quanto senti inveja da tua coragem

Tão maior e mais linda que eu

Você foi morar nesse buraco cinza.

E eu pensando

Na verdade bem parecido,

continuo aqui

Quem tem mais sorte,

Não sei

Nunca vi."

O tempo e o vestido

As horas vão passando, dia a dia, mês a mês, ano a ano. O tempo é ruim pra mim, eu como muito pouco, como quase nada, e tudo em mim se transforma em água, mas uma água mal-cheirosa, nem sempre diária. Esse líquido que produzo virou uma segunda pele, de três em três dias a mãe joga pela fresta um esguicho de desinfetante com odor fortíssimo e joga tanto que por diversas vezes me ardem os olhos, e escorre pelas frestas fazendo um rio de substâncias pela sala. Isso a faz praguejar alto, altíssimo, me sinto suja e sem esperança toda vez. Sonho então com um belo banho de chuveiro para levar todas essas coisas más de mim, talvez eu mesma, pequena e fininha saindo, fugindo pelo ralo do boxe do banheiro, me transformando em água limpa e perfumada, sem rosto, nem corpo, nem nada, fluindo com outros rios de outras meninas que também viraram essa água, então as águas fariam amizades lindas e juntas, na correnteza, até virarem mar e banhar outros corpos e limpar tudo.

Meu vestido rasgou há anos, um único vestido branco, esses que parecem de noiva, mas de criança, com rendas nas mangas e laço de cetim na cintura. Hoje viraram trapos amarelados em torno do corpo. Vejo meu tronco, principalmente o tronco como parte destacada de mim. Cresci torta aqui, aliso assim meus pés e os sinto envergados para dentro, um osso me salta nas costas e a cabeça pende para um lado, cai dependurada.

Mas não sou um monstro, tampouco a tal cadela que a mãe julga. Quem sou então? Sou uma linda mulher, sim, já sou moça crescida, já sangrei sem que fosse com o caco de vidro verde, já estou invadida de uma adultice esquizofrênica.

Vejo meu corpo todo nesse espelho da cabeça e concluo que sou incrivelmente bela e triste.

Digo à professora Ana que meu prazer pela escrita é tão imenso que meu caco, que chamo de Esmeralda de escrever, está gasto. Todos os dias já acordo relatando minhas memórias nas paredes, no teto, no chão desse lugar, que é meu planeta. A letra que vai saindo é tão pequena e espremida que poderia chamá-la de, não sei bem, algo como os hieróglifos, mas com sinais que só eu entendo.

Vou criando uma linguagem única no armário do horror, mesmo sabendo desenhar letras perfeitas, mesmo a professora Ana sendo boa pra mim, ainda assim inventei um modo de escrever todo defeituoso com vícios e dores e talvez alguma beleza.

Quando explodir as paredes me tornarei escritora! Converso com Ana sobre esse assunto, ela sempre me manda repetir meus sonhos para ela para firmar bem na cabeça e depois transcrevo todos eles com meu estilo.

Às vezes leio em voz alta e não gosto das pausas que dou, me afogo, me atrapalho, mas Ana gosta de tudo que faço. Criei uma personagem, disse pra ela... Fui aplaudida com muito entusiasmo! Ana ficou tão animada só de saber disso, pediu que contasse mais. Minha personagem, a personagem do meu romance se chama Esmeralda, em homenagem ao meu caco de vidro verde. Vou ler devagar dessa vez, com atenção redobrada e o espírito livre.

Um vestido para Esmeralda

Esmeralda diz que dói seu peito, não para de reclamar de angústia! Esmeralda chega a ser cansativa em casa, ninguém mais aguenta tanta reclamação!

Numa noite de gritos agudos, ninguém mais conseguia dormir, a irmã de Esmeralda teve uma ideia!

A irmã veio perguntar: "Esmeralda, onde dói exatamente?".

Esmeralda pôs a mão no peito com a boca aguada e os olhos tremendo.

A irmã se trancou no quarto e trabalhou incansavelmente a noite toda, todos os gatos da casa sobre seus pés e velas acesas.

Às sete horas da manhã, a família estava curiosa para saber o que a irmã tinha feito trancada a noite toda, cheia de gatos e velas acesas.

Então ela pôs a cabeça para fora do quarto e disse: "Só quero ver Esmeralda".

Foram chamá-la.

Esmeralda veio muito fraca e cambaleante, feito pessoa que bebe.

A irmã tapou seus olhos e contou até três e, quando abriu, lá estava!

Sobre a cama um lindo vestido azul bem claro, que é a cor que Esmeralda mais gosta! Elas ficaram tão comovidas que a angústia de Esmeralda se foi, e ela finalmente pôde sair de casa sem dor.

Ana Eloísa sentiu muito orgulho de mim e disse que Esmeralda sou eu, e ela a irmã. Mas definitivamente não acho isso. Esmeralda tem olheiras suaves, anda de forma ereta mesmo quando sente dor, é de certa forma solar apesar de toda angústia que mora em seu peito. Também é mandona e tem ideias retrógradas. Ainda estou criando minha pequena menina, pare de aplicar rótulos nela, digo à professora, mais que entusiasmada! Pra mim, por enquanto, Esmeralda é só uma quase amiga imaginária que fica no canto oposto desse lugar e me olha com uma certa empatia. Sendo assim, só posso concordar, disse Ana, e rimos as duas de nossas conversas.

Risadas e maçã

Vou enfiar uma maçã inteira na sua boca e te assar no forno como uma porca nojenta se não parar de rir agora! Você elouqueceu! Sinto medo de você, criatura insana, rindo sozinha feito louca!

A mãe grita essas coisas enquanto descasca uma maçã com faca de serrinha. Ela se aproxima do armário e cospe uns pedaços da fruta pela fresta.

Rapidamente me despeço de Ana e cato os pedaços. Sem dúvida é o melhor gosto que já senti na vida; mesmo sendo cuspido e espicaçado, é o melhor de todos!

A mãe promete que me dá uma maçã inteira se eu ficar muda e sem me mexer enquanto ela recebe o "benzinho".

Bato duas vezes na porta em sinal de concordância. Em seguida, o "benzinho" chega, quase batemos nossas portas ao mesmo tempo. Esse é todo educado, formal e tudo. É magro, alto, cabelo molhado com gel repartido de lado, seu cheiro de água de barba empesta a sala e me retorce o estômago. Ele pede calmamente que a mãe fique sem falar absolutamente nada, desliga o parelho de tevê, o ventilador, tudo ele desliga. A mãe já calada, com cara contrariada, se vira de costas como ele pede, olhando para a janela. Ela obedece achando tudo aquilo um tédio sem fim. Ele fica de pé bem atrás dela, cerca de dois metros, olha tudo minuciosamente, o cabelo da mãe meio oleoso na raiz cai fino até os ombros, o vestidinho de malha surrado azul-marinho lambe seu corpo até as coxas. As pernas estão bambas das histórias vividas ontem, tem uma mancha escura na panturrilha direita e curativos desajeitados nos dois joelhos. Os pés com singelos joanetes adornados com tornozeleiras de olho grego na canela esquerda. Após uns dez minutos, ele pede que ela tire os esmaltes descascados dos pés e mãos. Ela obedece, ainda muda, como ele pediu. Agora sim, ele diz, quase sussurrando. Tira tudo, Benzinho ordena, ela cumpre. Ele a manda continuar sempre de costas, ela continua, assim, assim. Ele se ajoelha no chão úmido, ela apoia as mãos no beiral da janela para coçar com o pé a coceira de alguma picada, ele não gosta e reforça o pedido que ela fique imóvel, ela murmura algo, mas fica. Ele se deita sobre uma esteira no assoalho, que já estava armada para ele, deita a cabeça numa almofada encardida e tira seu pau pra fora, só o pau, duro e vermelho. Olha a mãe parada com baba nos cantos da boca e goza um jorro lento e denso. Ela pergunta se já acabou. Ofegante ele responde que sim e pede que ela traga a toalhinha dele. Ela vai buscar saltitante, dizendo que está lavadinha a tal toalha. Ajoelha e enxuga o pau vermelho com cuidado, como se fosse um filhote de passarinho machucado. Benzinho se apruma todo, pede uma aguinha da boa, ela traz da cozinha um copo fresco retirado do congelador, ele bebe tudo, tira um dinheiro do bolso da camisa e coloca sobre a mesa pequena e conta que logo mais terá um encontro com uma possível namorada, a mãe faz gosto, diz que ele merece alguém, que é um homem muito bom, mas se preocupa que irá abandoná-la. Ele sorri e pergunta quantas toalhinhas comprou e deixou com ela. Ainda tem cerca de quarenta ela responde, sendo assim, venho pelo menos mais quarenta vezes, minha linda, ele diz.

 Ela limpa a babinha da boca de Benzinho, que, sem encostar na mãe, vai embora. Ela fecha a porta, passa a chave e o xinga de otário, maluco. Junta a toalha com os dedos do pé direito e joga no lixo do banheiro.

 Bato discretamente uma vez na porta do armário e ganho a tão sonhada maçã, dessa vez vem inteira pra mim.

Minha poesia inspirada no gosto da maçã e em Esmeralda

Parece que vai virar areia,
mas não.
É só a sensação parecida,
é verde-claro o interior,
vermelho o outro lado.
Esfrego no corpo a casca lustrosa,
cuspo o cabinho,
aspiro bem fundo
o perfume dela.

e a outra:

Esmeralda não gosta de maçã
Me olha de rabo de olho
Recrimina esse meu gosto
Mela as mãos, ela diz baixo
Mas limpa os dentes, replico
Mas se mastiga fazendo barulho
Mas é um barulho bom, replico
Mas o gosto é insosso
Isso é de cada um, replico e tapo os ouvidos.

Aula de canto

A penumbra é muito cansativa porque sinto sono permanentemente. Tento cantarolar, mas minha voz não sai, não sai nada porque minhas cordas vocais estão ressecadas, vão se partir no meio de tão esturricadas. Forço um choro para aguar meus lábios partidos de sede. Olho pela fresta e a vejo se masturbando e fumando muito.

Sem avisar, sem marcar hora, outro homem chega, entra de supetão, sem bater na porta nem nada. Avista a cena e monta nela com entusiasmo, chamando-a de égua. É Henrique, seu namorado. A mãe ri alto e imita o relinchar de um cavalo. Ele bate em seu traseiro e puxa devagar seus cabelos dizendo "égua boa", "minha égua". A mãe se derrete nos braços de Henrique.

Nesse momento, minha professora de canto chega com uma jarra de água fresca pra mim. Adoro essa aula porque Sky trabalha num teatro, e temos o palco todo só pra nós. Ela regula o microfone na minha altura, limpa a lágrima dos meus olhos com o dorso da mão e me oferece um copo cheio. Bebo tudo num só fôlego e respiro ofegante. Sky disse que não é assim, que é melhor aos goles, aos poucos. Fico um pouco envergonhada pelos meus maus modos. Vamos de francesa hoje. A professora Sky me pergunta enquanto me sirvo sozinha de outro copo com água.

Tenho medo de envelhecer aqui, Sky, olho meus pés e mãos e não quero que eles cresçam, mas estão cada dia maiores, o que eu faço? Querida Sunny, você já é moça, é tão bom crescer... Eu, por exemplo, já sou mulher grande e gosto muito de ter a idade que tenho. Queria ter a sua sorte, eu digo, sua pele, seus cabelos negros, até suas pintas eu queria ter, Sky, eu queria ser você! Mas cada um é o que é, Sunny, eu te acho tão linda e branca como um lençol estendido e limpo, a tua voz é pura, você canta com a alma, os teus cabelos longos e ruivos me emocionam, e só isso importa agora. Embalada pelas palavras da professora, começo a cantarolar uma melodia indefinida, sem fazer aquecimento. Sky me repreende com o olhar, mas deixa passar. Ela arruma minha postura com pequenos toques, levanta um pouco meu queixo, prende meus cabelos atrás das orelhas e começa a cantar baixinho junto comigo a tal música inventada.

Sky é muito especial pra mim, é a professora com quem mais tenho afinidade, que as outras duas não me escutem. Já me arrependi de escrever isso, mas é verdade. Para Sky tudo é fluido, ela sempre elogia com lucidez e nunca se esquece da água, que traz sempre na mesma jarra de vidro, chego a sonhar com a aula. Apesar de seu nome ser Céu em inglês, ela é a pessoa mais consciente com quem convivo, ela enxerga as coisas de forma prática, objetiva e sem frescura. Gosto do modo como ela conduz as aulas, nunca deixando que meus devaneios sejam mais importantes do que o canto que faremos em seguida. Quando a música chega em mim, sinto no corpo todo, e, mesmo fraca, como agora, ela passa como um alimento, nutrindo meu sangue, meus órgãos, meu espírito.

Linda! Que voz linda, impecável, ela diz, impecável!

"Sem pecado

Sem pecar hoje

A voz sai alta

Com as cordas partidas

de amor por você

Que

Com seu olhar de navalha

Cortou em mim

A esperança."

Aos 15 anos me sinto totalmente apaixonada pela minha professora de canto, que me admira pela minha voz sem pecado. Aos 15 anos presa e impecável. Aos 15 anos virginal e cantando sem parar dentro da cabeça. Aos 15 anos, quase dezesseis.

Henrique

O namorando passou cerca de três dias com a mãe, durante esses dias, toda vez que ele entrava no banheiro ou dava saídas rápidas, ela me alimentava e me ameaçava com um furor ímpar. Se por acaso eu fizesse algum barulho, por menor que fosse, ela jogaria álcool no armário e atearia fogo. Eu ficava imaginando a minha pele derretendo, os ossos finalmente aparecendo como merecem, todo o meu cabelo virado em carvão.

Noite passada, Henrique chegou muito perto do meu armário enquanto procurava um abridor de garrafas. Foi interceptado pela mãe, que veio desvairada da cozinha com o pano de pratos sobre os ombros e gritou que ele não encostasse no armário. Por um segundo, eu me vi caindo para fora, me enxerguei livre, esparramada no chão úmido, sempre úmido. Cheguei a sentir o cheiro do ar, a temperatura real das coisas. O namorado não entendeu nada e a seguiu, assustado com a reação dela, quase agressiva, que inventou que o armário estava enfestado de cupins e que ela tinha colocado veneno por tudo. Espiei pela fresta, Henrique olhou duas vezes para trás.

Esmeralda

Ela me observa de forma severa agora. Disse que perdi a chance de gritar, de soluçar, de fazer algum ruído rápido que fosse. Respondi que não confio em Henrique, que não quero virar cinza de mim mesma, que isso me apavora. E como minha amiga só entende as coisas quando escrevo, usei meu caco:

"Aspirando duas vezes profundamente

Dentro do meu corpo

Tudo será em vão

A fumaça sufocada da minha dor

E todas as aulas que ainda me restam

E as músicas que quero cantar

E as ondas de algum mar que quero dançar

E as palavras que quero pintar aqui

Tudo ficará no porvir

Não, pó de mim,

Não.

Se esse homem me descobrisse

Eu não conseguiria rapidamente

um manto de amianto

Esmeralda, Esmeralda,

Nem você mais existiria."

O ensinador de coisas

Acordei nua deitada num sofá de veludo vermelho e gasto nos braços. Estou com um belo corpo hoje, meus cabelos estão limpos e são longos e fartos. Ainda estou sonolenta. Penso que Esmeralda me faz companhia, penso que ela adoraria esse sofá e talvez também ficasse nua comigo e ficaríamos reparando nas nossas marcas de nascença e pintinhas. Quase sinto o toque de seus dedos quando avisto um homem de mais ou menos 50 anos, ele se aproxima lentamente de mim. Ele tem a barba por fazer, é bonito, usa camisa xadrez aberta nos punhos e na frente. Com uma das mãos, ele apaga o cigarro na própria calça e com a outra ele mexe no pau. Então ele se ajoelha ao meu lado, não sinto medo nem nada, ele se curva perto da minha orelha e diz baixinho: "Oi. Eu sou o Ensinador de coisas". E em seguida sorri com o canto da boca. "O que você quer", eu pergunto, mas acho que já sei. Ele coloca a língua toda para fora da boca e pede que eu faça igual. Ele pede: "Faz assim, igual, faz, faz pra mim". Eu faço igual. Ele encosta a língua dele bem na pontinha da minha e me pergunta "Você quer que eu te ensine a beijar?". Eu respondo que sim com a cabeça, ele me beija, ele segura com força a minha nuca, eu tento aliviar um pouco essa pressão, não consigo e desisto. Ele começa a lamber meu pescoço, ele baba feito um cachorro raivoso, eu gosto, ele passa a língua pelos meus seios, que são bem pequenos, e quando chega perto da barriga ele tira a calça rapidamente. Eu me retorço toda no sofá. Ele então abre as minhas pernas e segura seu pau, ele encaixa em mim e faz com força, eu grito sem som algum, não sai nada da minha boca. Ele jorra seu líquido na minha barriga, minha visão fica turva, ele se deita inteiro sobre mim, tem um suor no peito dele que invade o meu, ele faz um carinho do lado do meu rosto, ele está nu ainda, ele veste as calças e a camisa, sem abotoar nada, acende um cigarro com um isqueiro amarelo e pergunta se eu gostei. Estou na mesma posição, não consigo responder, ele me oferece um cigarro e eu, estática, fecho os olhos e durmo.

"Aos quinze aprendi

que um homem mesmo não parecendo

me amou

num sofá imaginário qualquer.

Qualquer homem

não importa

e senti uma dor única

de felicidade.

Aos quinze minha primeira

dor verdadeira

dormi no chão

sentindo a falta

que ele não me faz."

O susto de Esmeralda

Esmeralda viu tudo de um canto obscuro do quarto. Todos os cantos são obscuros. Esmeralda com seu vestido novo me olha assustada. Me reconheceu mulher agora. Esmeralda verde e estupefata, com inveja de mim, com muita inveja, pobrezinha.

O namorado

Na madrugada da terceira noite, Henrique se levanta bem devagar, após beberem, ele e a mãe, um garrafão de vinho barato, desses com alça plástica e tampa de cortar. Ele se aproxima sôfrego do armário, se sente tonto da embriaguez, vem se apoiando pelas paredes, igual a essas pessoas que fogem de ladrões e se equilibram em parapeitos de prédios altíssimos e nunca caem. Não acende a luz para não fazer alarde, veste só uma cueca branca encardida. Ele se agarra no armário para não cair, abre as gavetas, as duas portas de baixo e não encontra nada. Então ele força a minha porta, estou encolhida num canto, também obscuro, sem respirar. Ele espia pela minha fresta, ainda sinto um hálito forte vindo dele. Ele tenta abrir a porta com as duas mãos, então vê o cadeado e grita "droga"; ao mesmo tempo que grita, a mãe o golpeia com um jarro de vidro que se quebra na sua cabeça. O namorado cai zonzo, um filete de sangue jorra do supercílio, a mãe, desesperada, tenta reanimá-lo, ele desmaia de bruços. Ela corre até a cozinha para buscar um pano para estancar o ferimento, ele imóvel. Eu, sem ar. A mãe grita coisas desconexas. Eu já mulher feita. Esmeralda invisível. A mãe retorna para perto dele, chora, ela o ama. O vira de barriga para cima com muito esforço, ele é um homem grande. Num golpe genial, ele rasga sua coxa com um pedaço de vidro que escondia na mão. Ela, fora de combate. Eu, de olhos fechados, eu livre.

Polícia e Esmeralda

A mãe agora é levada com algemas e muito sangue numa ambulância, sem falar nada. Seus olhos parecem de vidro e sua pele um fino papel. Henrique conversa com dois policiais, ele está envolto num cobertor e segurando um pano ensopado de pomada sobre seu ferimento.

Carros de reportagem não param de chegar, fotógrafos, jornalistas, vizinhos e peritos entram e saem da casa. Meu armário escancarado, o cadeado arrombado no chão vermelho da briga. Me enxergo tão grande e pequena ao mesmo tempo, tão magra. Estou feito um novelo no canto direito, tenho falhas de cabelo, apesar de muito longo e liso. Meus lábios são sem cor e rachados, estou nua com poucos trapos em torno da cintura. Coitados dos meus pés, são tortos pra dentro e minhas costelas são expostas. Olha! Realmente tenho seios minúsculos e vejam só, tenho pelos pubianos. Ser mulher é ser forte. Vendo de longe, me acho até bonita. Tem umas dez pessoas me vendo agora, umas choram, outras nem piscam. Reparo que sou cega. Não me lembro quando perdi a visão. Nas paredes do armário tem toda a minha história, a minha e a de Esmeralda. Sinto-me feliz agora. E, finalmente, morta.

Primeiro fim.

Poemas escritos por Sunny para Esmeralda

Minha Esmeralda

Se fosse objeto seria

Um ventríloquo

Mas não

Esmeralda é uma pessoa

Por mais imaginária que seja

Por diversas vezes mais concreta

do que eu

Esmeralda e seu vestido rodado

Esmeralda menina grande

Quisera eu ser um objeto não imaginário

de Esmeralda

Esme-ralda

Nada escrevo com E

Nada com S

Com M talvez maçã, meu, morno, mil

Com E, nada novamente

Com R, risada, rastro, rombo

Nada escrevo com A, porque amor seria óbvio

Com L, largo, laringe, lagartixa

Nada escrevo com D

Dou uma chance ao A e escrevo: amorfo

Ouço passos no corredor

Chinelos que se arrastam

É frio aqui essa noite

Sou duas hoje.

Uma que dorme na cama

Outra que mama no colo da mãe

Os chinelos andam sozinhos

Foi um pesadelo

Amiga querida,

Vou escutar todos os seus conselhos

Os que pedi

E também os que me deste por nada

Ah, minha pequena irmã

Farei de tudo, tudo que dissestes

Inclusive o que não concordo

Quem sabe assim

melhoro um pouco

Quando eu me sinto

Quando sinto pena de mim
Quando me faltam palavras
Eu
Eu tomo um chá.
Era uma sala branca
Inteira branca
Tudo branco
Nós estávamos sentadas ali,
Também de branco
Cadeiras e mesas brancas
O ventilador branco girava forte e rápido
De repente ele entrou
Voando azul
Voava perto do teto
Os ventiladores que eram dois
Giravam fortes e rápidos
nos desesperamos
Ninguém sabia onde desligava aquilo
Ele bateu três vezes
E caiu no chão
Todo ensanguentado
Esmeralda correu para juntá-lo
Pediu que eu buscasse um cobertor
Eu me desesperei
Quem sabe aquecido melhore

Os olhinhos meio fechados

O pescocinho caído assim para o lado

Se ficar quietinho, sara logo, ela disse

Eu desesperada ainda

Nos unimos

Os três

Tudo branco e vermelho agora

O passarinho sem as asas e vivo

Esmeralda conformada com o novo amigo

Eu desesperada ainda.

Nunca farei uma tatuagem

Estranhei aquele assunto

Nunca

Nunca mesmo

Não respondi

Não entendi nada

Ela sabe que amo desenhos

Continua

Acho horrendo isso de pintar a pele

Tudo sujo, rabiscado

Minha primeira decepção com ela

Pensei

Eu não

Eu, quando crescer, só vou deixar o rosto limpo
Vou desenhar pelo corpo todo
A história da minha vida

Devaneio pensando que não posso morrer
Sem me deitar com um amor
Seja ele ou ela
Preciso disso
Ser amada e tocada
Nem que o coração saia ileso
O corpo molhado do sexo
O resto que pulse sozinho

Comparo minhas mãos
Passo horas olhando
Vendo outras por aí
Falando com as mãos
Chego a derrubar enfeites nas casas outras
Aqui, nada deles
Posso falar à vontade
Cada vez mais brancas e magras
Dedos da paixão
Mãos tortas
Palavras tortas para combinar

Primeiras palavras (e frases soltas) que Sunny aprendeu:

dor nas pernas

fome

dor de cabeça

chorar o tempo todo

chorar um pouco

dor nas pálpebras

fome de morrer de fome

fome de maçã

medo

medo de apanhar

medo de morrer

golpes de martelo

medo de morrer queimada

náusea

dor nas articulações

dor nas costas

sangue

jorrar sangue

veias

menstruação sem fim

vergonha

sanidade

loucura

umbigo

umbigo para fora

cantarolar de alegria

cantarolar de tristeza

dormir

dormir para sempre

Esmeralda

esperança

fim.

O Filho que não tive

Prefácio

Deveria ter uns 8 anos e já pensava em ser mãe. Com essa idade, comecei a guardar objetos que, de alguma forma, representassem o que eu fui, para mostrar para o meu filho, se um dia tivesse um. O primeiro foi um caderno de escola comum, na época eu deveria estar com 10 anos. Guardei também um pequeno diário com capa *jeans*, escrito só até a metade, fotos e alguns brinquedos, como um urso de pelúcia e minha primeira boneca. Durante minha adolescência, inúmeras vezes eu agi de forma que meu futuro filho, caso estivesse me vendo, sentisse orgulho de mim. Lia livros e mais livros para formar um conteúdo intelectual interessante para passar pra ele. Quando cresci, decidi ser artista, então ficava imaginando meu bebê crescendo em coxias de teatros, *sets* de filmagens, essas coisas. Ouvia por aí que quando os pais são extrovertidos, geralmente os filhos são retraídos... será? Será que vou ser julgada por ele? Vergonha da mãe? Mãe malucona? Bom, resolvi enfim escrever sobre este filho imaginário, que, de alguma forma, terá que nascer de mim.

Esse livro é pra você, meu filho/a, e para você, mãe interna que mora em mim.

Capítulo I

Uma espécie de correspondência celestial

Carta I: Do filho para a mãe

Mãe, acho que te escolhi, acho sim. Daqui de cima gosto muito do modo como você caminha. Os passos são rápidos, parece que está sempre, sempre com pressa, e acho isso bom, mas em paralelo, quando você vê uma folha, uma folhinha diferente em alguma planta no caminho, não há quem faça você andar. O jeito que comenta, mostrando empolgada a descoberta é muito interessante de ver. Eu também adoro as folhas, quando venta eu fico olhando, e elas voam e voam. Por falar em voar, é muito peculiar esse teu interesse por asas. E não só de asas de anjos e fadas, você gosta também de asas de insetos de todos os tipos, e é muito divertido reparar nos seus amigos dando a você de presente esses bichos que eles encontram por aí. Mãe, desculpe a análise minuciosa, é que preciso ter absoluta certeza de que você é a mãe certa para mim. Eles que me mandaram analisar os prós e os contras. Espero que entenda. Ah, faltou dizer que acho lindo o teu nome ser Sarah. Ass.: Filho.

Carta II: Da mãe para o filho

Querido filho, tenho 8 anos, me chamo Sarah. Meu aniversário foi um sucesso, eu e minhas amigas brincamos de um monte de brincadeira engraçada. Ainda não deu pro meu pai comprar o bebezinho daquela marca famosa porque é muito caro e meu pai não tinha o dinheiro todo porque sou eu e a minha irmã. Vou rezar para chegar o Natal logo, e se meu pai economizar, aí eu vou ganhar o bebezinho. Escolhi o menino porque o macacãozinho que vem parece de verdade. Quando eu for a sua mãe, vou querer um menino ou vou adotar no orfanato. Tchau. Ass.: Mamãe.

Carta III: Da mãe para o filho

Filho, por enquanto, não tive nenhum sonho contigo, acho que é porque você está muito longe de chegar até mim. Tenho 13 anos e acho que sou proibida de namorar. Ano que vem vou aprender a dirigir. Todas as minhas amigas já beijaram na boca, menos eu. Já treinei com uma uva dentro do copo de vidro, achei ridículo. Acho que não gosto mais de um menino que eu gostava desde a quinta série, agora gosto de outro, mas não posso falar. Ontem, na aula de educação física, ele se deitou no chão de tão cansado e apoiou uma das pernas e acabei vendo a cueca dele, fiquei com vergonha, mas olhei mesmo assim e meio que vi o começo da bunda dele também. Acho que vai demorar muito pra gente se encontrar, por enquanto tenho medo de tudo que tenha a ver com meninos e sexo. Não sei se posso falar essas coisas com um filho, mas é que confio na amizade de mãe e filho, isso é um sonho para mim. Sinto raiva das minhas amigas, não de todas. Depois conto.

Carta IV: Do filho para a mãe

Mãe, estou aqui rindo muito com suas cartas de quando você era criança. Guardaram numa caixa linda aqui pra mim e só me entregaram hoje, um dia depois de você ter completado 14 anos. Olha, depois de ler todas estas cartas, definitivamente é você mesmo que eu quero para ser minha mãe, estou até emocionado aqui.

Carta V: Da mãe para o filho

    Oi, filho, sou sua mãe e ganhei de presente um diário muito bonito e resolvi escrever cartas para você. Sei que só tenho 11 anos, mas sou muito inteligente para minha idade. Hoje de tarde fui na casa da Miriam e levei meu bebezinho dentro de uma sacola, mas cuidei para que a cabecinha dele ficasse para fora, imaginando que ele pudesse respirar. Odeio cigarro, mas o irmão da minha amiga Miriam faz coleção de caixas de cigarro importadas, e sabe o que a gente faz? Pegamos escondido e enchemos duas caixas de canetinhas coloridas e "fumamos" tudo. A mãe dela é brava, mas deixa nós duas entrarmos no carro com nossos "filhos" e fumar nossos cigarros. Conversamos com sotaque carioca e rimos muito fazendo formatos de bocas soprando as fumaças transparentes. A filha da Miriam é a Bochechinha, e o meu é o Bebezinho. Ganhei de aniversário um bercinho de bambu que me encantou completamente, parece uma minicama, tem até colchão. Minha irmã também ganhou. Tchau.

Lembranças que rasga
tudo aqui

Carta VI: Do filho para a mãe

Hoje consegui aparecer no teu sonho. Só que eu de menina. O que você sentiu? Espero que tenha gostado. Vou esperar ansioso tua carta. Ass.: Filho ou Samuel, o que acha desse nome?

Carta VII: Da mãe para o filho

Oi, filho. Estou com 44 anos e te escrevo da cama improvisada aqui na casa de meus pais. Confesso que não estou muito bem hoje. Noite passada sonhei contigo. Foi muito real e, assim que acordei, lembrei de tudo com clareza. Primeiro você era recém-nascido e menino. Estávamos num carro que tinha sido arremessado ao mar. Rapidamente abri a porta, te segurei apertado no meu peito e subimos num pequeno veleiro que nos salvou. Quem estava no leme era um homem muito bonito com cabelos castanhos até os ombros e barba. Eu te segurava no colo com alívio. Nesse momento você já era uma menininha de uns 8 anos, linda, cheia de cachos e risonha. A esposa do homem do barco apareceu e me tratou muito mal, não entendi o motivo. Só sei que o sonho fez com que eu sentisse seu abraço. O que é importante eu te dizer mesmo é que tenho pensado muito em você e em como faço para resolver objetivamente essa questão. Fico sem saber se você já existe e está em algum orfanato esperando por mim, ou se ainda é uma alma e mora no céu e talvez esteja esperando muito e desista de mim, ou se estou maluca e não é nada disso. Queria muito um sinal. Ass.: Mãe.

Lista de quando fui filha que quero dividir com você

Lembranças que eu pensei que tivessem ficado esquecidas, mas não, estão mais vivas do que nunca. Filho, essa lista é só pra você me conhecer melhor, já que, com certeza, será temporão.

1 — A sensação de ir para a cama no colo da minha mãe, mas eu nem estava realmente dormindo, acontece que o ninar dela era tão bom que eu fechava os olhos e ela pensava que eu já tinha pegado no sono.

2 — Passava a panqueca no chão de tacos de madeira e comia, sentindo o crocante da poeira nos dentes.

3 — Meu pai batendo na porta do banheiro dizendo "deu" durante meu banho de chuveiro demorado.

4 — Foto minha de *collant* de *ballet* no jardim de casa me sentindo linda.

5 — Amava morar perto do cemitério e brincar nos túmulos com portinhas pequenas de ferro.

6 — A sensação de tocar com o dedo indicador no mamilo da minha mãe e chamá-lo de "bibigui".

7 — A textura do sofá da sala de TV que tinha cor de doce de leite e relevos fofinhos.

8 — Grudar meleca de nariz na cabeceira do meu berço.

9 — Odiar dormir de mosquiteiro e amar ao mesmo tempo.

10 — Beber achocolatado forçada de manhã cedo, antes de ir pra escola para não ir estudar em jejum.

11 — Abanar com um leque desesperadamente uma trilha de formigas para salvá-las de veneno em *spray* que alguém que não lembro tinha aplicado sobre elas.

12 — Achava os pais de todas as amigas mais calmos que o meu.

13 — Nunca usei roupa da minha irmã sem pedir, só uma única vez, e me senti estranha.

14 — Me exibia para os outros com singelos brincos de *hippie* e achava que estava arrasando.

15 — O que mais sinto saudades da infância era dar milho moído aos pombos em Porto Alegre com meu avô materno.

16 — Chorei quando percebi que meu pé estava crescendo.

17 — Sempre, desde muito nova, amo tomar chá, menos de boldo.

18 — A mão da minha mãe na minha testa enquanto vomitava, fui uma criança que vomitava muito.

19 — A sensação de suor e calor infernal, mas, mesmo assim, me cobria com lençol nas noites quentes, por puro medo que uma mão estranha qualquer me tocasse.

20 — Sempre fechei o ralo do boxe do banheiro com um pano de chão por receio que a tal mão estranha me puxasse esgoto adentro e só resolvi isso com 30 anos.

Carta VIII: Do filho para a mãe

Mãe, você é lindamente feliz e triste, tudo ao mesmo tempo. Adorei a lista. Hoje também não estou muito bem, estou ansioso por ter um nome. Pensou sobre Samuel?

Carta IX: Da mãe para o filho

Filho, quando eu tiver você perto de mim, pensei em vários nomes, mas Samuel me veio na cabeça muito forte. Você sabe, tenho só 15 anos, mas Samuel foi um amigo da minha primeira infância. Ele era muito gentil. Lembro bem do rostinho dele, bochechas rosadas e uma explosão de cabelos. Chamavam ele de Samuca, inclusive eu. Também gosto de Alisson, Pedro e talvez Arthur. Mas pensando melhor, Arthur pode virar Arthurzinho, daí não gosto. Pedro vira Pedrinho ou Pedroca, que acho divertido, e Alisson é unissex demais, mas tudo bem. Se vier menina, penso em Júlia, Catarina, Amanda. Laura também é bonito. Como posso te amar tanto? Será que tenho algum tipo de doença psicológica?

Um beijo. Acho que vou parar de assinar "mamãe", se a minha própria mãe encontrar essas cartas, acho que ela me interna. Ela anda meio assustada com meu novo visual. Só uso camisetas de bandas que escuto o dia todo. The Cure, Pixies, The Smiths, também reformulei todo o meu quarto, pendurei correntes e um pôster gigante do Robert Smith. Tenho caixa de som, pedestal, microfone e passo tardes no meu quarto com a Miriam, cantando mil coisas, sei lá, Ira, Legião, Titãs. Fiz uma mecha azul com papel crepom no meu cabelo e uso coturnos nos pés e saias indianas incríveis. Não sei por que, mas parece que finalmente encontrei minha turma. Leio e escrevo muito. Só beijei na boca duas vezes e mesmo com 15 anos ainda brinco de Playmobil e Barbie. É isso.

Carta X: Do filho para a mãe

Não faço ideia de quantos anos eu tenho, sempre que te escrevo, você...

Na verdade, sempre que me escreve, acaba me dizendo quantos anos tem e isso é muito confuso para mim. Como não estou aí, ainda não descobri o sentido da vida, dá pra entender? É como se a minha vida, deixa eu tentar explicar, fosse vivida de outra maneira, como se meus instantes fossem congelados, só que, ao mesmo tempo, estão em movimento, fluidos. Às vezes, te acho tão sozinha, mesmo quando está com amigos, parece que você não tem com quem compartilhar um lado teu, meio de loucurinha. Quando te vejo assim, quero te abraçar apertado. Você é bem "chameguenta", né? Parece que quando te faltam palavras, você abraça as pessoas e algumas se incomodam com isso. Mãe, por favor, me queira logo. Ass.: Samuel ou Júlia, gosto de Júlia.

Carta XI: Do filho para a mãe

Só queria te dizer, mãe, que gostaria de ser alguém que, de vez em quando, se descontrola. Isso te assusta? É que fico reparando que muitas pessoas são duras com você e, na maioria das vezes, você produz dor de cabeça. Isso desde os teus 9 anos, como você mesma diz, 9 anos de idade, nesse tempo contínuo que não consigo entender.

Lembranças que arrebentam tudo

Carta XII: Da mãe para o filho

Filho, tenho 44 anos de idade e sonhei com um barco naufragando. O barco representava meu pai. Eu estava tentando me salvar, mas não ia ter jeito, não que eu fosse morrer, ou me afogar, não ia ter jeito para o próprio pai/barco. E se eu te disser que amo tanto o meu pai, mas secretamente quero que ele morra? Sei que poderíamos ter uma conversa imensa sobre o amor, mas no momento só me ocorre a morte do meu pai. Desculpe, com amor, mãe.

Carta XIII: Do filho para a mãe

Não posso esquecer de jeito nenhum que não gosto de poesia e nem de poemas. Como vejo que gosta de escrever, sinto receio que deteste essa característica em mim. Aos poucos vou me soltando, já foram duas, hein? Quero, quando precisar, conseguir me descontrolar. Não gosto de poesias, mas tenho um monte de coisas amáveis, por exemplo, sou muito amoroso e meu humor me salva até mesmo do meu descontrole, veja que maravilha! Herdarei isso de você, o negócio do bom humor, bom, né? Ass.: Nem sei mais.

Carta XIV: Da mãe para o filho

Parece que a ideia de ter você está cada vez mais longe. Respiro e penso nas possibilidades de como posso realizar essa empreitada. Desculpe te chamar assim, acho que estou obcecada por essa ideia. A vida aqui é um pouco confusa mesmo. Filho, gosto de te escrever; mesmo não existindo grandes novidades para dividir com você, quando te escrevo, de alguma maneira, as coisas tomam forma, passam a existir. Aliás, falando em coisas da vida, na maior parte do tempo em que eu passo acordada, fico tentando viver o tempo presente, assim, o agora, mas é tão difícil não projetar os sonhos para o futuro. Não quero te deixar triste, só quero que saiba que você, de alguma forma, já vive no meu coração. Hoje aconteceu uma coisa interessante comigo, depois te conto. Ah, estou com 44 anos.

Carta XV: Do filho para a mãe

Mãe, percebo daqui que o teu humor oscila bastante, você chora por qualquer coisa. Não quero desmerecer suas emoções, muito pelo contrário, você fica muito bonita quando chora... é que fico emocionado quando te vejo assim. Quero que você preste atenção ao que vou te dizer agora. Quando você dorme, seu corpo faz movimentos rápidos, você se vira pra lá e pra cá, suas noites são agitadas, tudo parece urgente. Calma, respire profundamente antes de se deitar, viva os seus 44 anos de uma maneira leve, dance com esse tempo, ele só significa experiências vividas, aprendidas. Na realidade, nada disso realmente existe. Sei que hoje você vai acordar confusa, talvez sobre várias questões, mas mesmo que você não me conceba nessa sua vida, sempre serei seu filho.

Carta XVI: Da mãe para o filho

Estou com 6 anos e uma das coisas que mais adoro fazer é tomar banho de piscina. Levo minha boneca junto sempre que posso. Claro que sei que ela é uma boneca, mas finjo que ela tem sentimentos. Cuido para não entrar água no ouvido dela e embrulho ela na toalha para ficar quentinha. Nasci para ser mãe.

Fim das correspondências celestiais, parte I

Início de ideias ingênuas sobre a vida e sobre ser mãe

1 — Nossas mães envelhecem, mesmo que isso pareça distante, uma hora essa velhice chega e assusta.

2 — O tempo passa rápido para algumas coisas e lento para outras. Geralmente para o corpo feminino é meio rápido.

3 — Achei que engravidaria com 35 anos, mas isso não passou de uma vaga ideia.

4 — Já planejei ter filho com um amigo, caso não achasse o pai que eu considerava certo. Horrível essa expressão: pai certo.

5 — Comecei a amar meus bichos com quase a mesma intensidade que amei pessoas, por carência mesmo e também porque os animais doam amor incondicionalmente.

6 — Por diversas vezes, já pensei que estava grávida. Uma vez sentei no chão do boxe do banheiro, apalpei minha barriga, chorei de emoção. Meus mamilos estavam inchados e tudo, mas era alarme falso.

7 — Nunca engravidei, se engravidei perdi e nem fiquei sabendo. Não entendo o motivo. Nunca fui atrás. Uma vez resolvi que faria uma produção independente, até comecei a tomar o tal ácido fólico, depois desisti.

8 — Há 9 anos entrei na fila para adoção, depois saí. Estava sozinha na época, mas me sentia pronta.

9 — Ter ou não ter um filho sempre esteve em meus pen-

samentos e medos. Quando eu tinha 17 anos, várias amigas da adolescência começaram a engravidar, por falta de informação, acidente, coisas desse tipo. Aquilo me apavorava só de imaginar.

10 — Fui vivendo, sofrendo e não sofrendo, fui perdendo a vontade, a profissão ganhava no quesito fanatismo *versus* dinheiro *versus* solteirice. Uma confusão.

Carta única para o filho

Não vou dizer minha idade. Não sei mais o que significa o tempo. Cada vez que me olho no espelho vejo uma coisa diferente. Tenho um corpo de criança, minha lucidez me sufoca e, por onde passo os olhos, sinto que sou uma alma antiga. Sou uma mulher muito jovem e velha ao mesmo tempo.

Sou mãe de cachorros, sou minha mãe também agora. Mãe de alguns amigos, alguns deles já se foram, pegaram o trevo da estrada para outras direções e muitas coisas se modificaram em mim. Sou casada há 7 ou 8 anos, nunca sei... Finalmente achei o pai certo, rs. Meu nome é Sarah, sou a mãe do Samuel ou Júlia, como disse antes, mãe de bichos, minha, mãe da avó e da minha própria mãe. Lavar a própria mãe, se é a mãe já é a "própria". O corpo de 70 que não trabalhou muito fisicamente, mas ainda tem um belo formato. Cintura fina, coxas delineadas, uma leveza tão bonita, minha mãe. Ela não pode mais dirigir, nem conversar com nexo, não sabe que blusa é uma peça de roupa, essas coisas bobas do dia a dia ela não sabe mais, escolheu assim. O corpo nu da minha mãe é dilacerante. A púbis dela, os pés que tanto conheço, inclusive que na planta do direito tem uma pintinha e que no tornozelo esquerdo, um gatinho tatuado que fizemos juntas. Como se enxuga uma mãe? As rugas na barriga flácida, os braços molengas de quem muito desenhou. Como se ensaboa uma mãe? As frases desencontradas durante o banho nunca foram tão amorosas. Agora passa os dias colorindo esses livros de desenhos e é muito devota ao meu pai. Mas é sobre ela que estou falando. Machucada, estéril, fétida, limpa e meiga. Eu, de mãe de mim, tenho me saído, eu diria, mediana, ainda estou aprendendo a me amar, pouco vaidosa para pertencer a essa era, meio dispersa no quesito *physical*, canso de me sentir cansada por não me permitir cansar. Hoje chamei por diversas vezes um dos meus cachorros de filho, porque dependem de mim, e são seis. Vou me assoviar filha também. Filha! Filhinha da mamãe, filha, filha, filha. Sou filha e mãe. Como já disse, mãe de bichos, amigos, avó, mãe e de mim mesma. Se é de mim é de "mim mesma".

Escrevo numa folha de papel a palavra "filho", depois escrevo "filha", mas é a palavra "mãe" que me deixa absorta, e, assim, absorta, caio em mim e me escapam ideias, me fogem frases para dizer.

Então, um golpe súbito de ar que entra pela janela da sala, mesmo estando fechada, me enche de coragem e digo: Ainda não sou tua.

Saudades de ser o que não consigo

Carta única para a mãe

O tempo não existe

Você é mãe de todos

Eu espero e não espero

Nada existe, tudo é ilusão

Nos amamos

E isso sim é real

O amor em mim

Ass.: Teu filho

O Portão

Em Porto Alegre que se fez triste

Reparo que lágrimas de alegria e frio escorrem pelo rosto da menina. O velho que aparenta mais idade do que tem não tira o olho da neta. Orgulhoso, a exibe para os amigos que estão reunidos em frente a uma pequena lotérica.

Ao contrário dele, ela parece ter 7 anos, mas já tem 11. De longe, a imagem do avô estimulando a netinha a dar milho moído aos pombos da pracinha, chega a ser poética. Ele se chama Hélio, tem 62 anos. Sua colônia de barba tem cheiro de banho recém-tomado.Veste-se quase sempre da mesma maneira: calça de alfaiataria cinza-clara, camisa de mangas curtas com pequenos botões transparentes, bonezinho tipo boina, sapatos sem cadarço, geralmente pretos, o inseparável relógio de vidro grosso esverdeado e os óculos de grau com armação bicolor.

— Vô, por que seus olhos são esbugalhados?

— Porque tenho glaucoma, mas uso esse colírio aqui.

Ele sorri para os amigos dizendo que ela é impossível. E é verdade.

Cíntia tem cabelos avermelhados até os ombros, é magra, mas uma barriga protuberante e a falta de cintura incomodam muita sua pré-adolescência.

A menininha se veste com roupas coloridas. Apesar da pouca idade, a música que mais cantarola é "Fly me to the moon". Possui gosto exótico para a moda, usa meiões esticados até os joelhos magricelos, relógio digital e brincos de artesanato. Carrega uma bolsa de corda com batom de morango, carteira com um dinheirinho, um pacote de lenços de papel e um frasco de descongestionante nasal, pois é viciada, só respira pingando três gotas em cada narina. Ela ama animais de um modo quase insuportável, chega a se emocionar quando uma pombinha vem bicar milho e pousa no seu braço, aguenta firme as bicadas na mão e não interrompe a gulodice da bichinha.

Vão de mãos dadas os dois até o Mercado Municipal, eles tem uma rotina a cumprir: comprar azeitonas pretas, grandes e suculentas, goiabada, queijos e por aí vai. Cíntia se sente um pouco insegura, são muitos cheiros diferentes, muita gente, muito tudo.

Quando passam em frente da banca de feitiçarias, ela para um pouco. Adora sentir o cheiro de ervas de benzimento, incensos fortes e uma satisfação envolve seu pequeno corpo quando vê as estátuas pintadas de vermelho onde os passantes jogam moedas. Ela sabe muito bem o que significa e se sente atraída pela figura, mas não demonstra.

Os pelos do braço do avô Hélio ficam eriçados, são golpes de ar que vem e vão do antigo mercado, que é fétido, decadente e muito charmoso.

— Eu queria tanto uma cuia.

— Para quê? Tu não gosta de chimarrão.

— Mas posso gostar, quero gostar. Vô, queria ter nascido aqui.

Hélio compra uma cuia pequenininha de zinco por fora e uma bombinha singela e delicada. A netinha sorri e aperta o embrulho de papel *Kraft* com a mão direita, a outra bem entrelaçada com a do avô.

Depois do sorvete triplo da banca 48, os dois se encaminham para a ala da peixaria, essa sim é mal-cheirosa, e o chão de cimento escorrega gelado. Foi a primeira vez que Cíntia sentiu isso, racionalmente falando, assim, com vontade mesmo, foi, sim, a primeira vez.

Na segunda banca da esquina três do Mercado Municipal de Porto Alegre, dia 18 de junho de 1989, às 11 h 20 da manhã, a neta do Seu Hélio, um avô respeitável, veterinário do Jockey Club da capital gaúcha, descobriu que era louca e não contou para ninguém.

Primeiro foi um pintado, o segundo da esquerda para a direita, o maior de todos. O peixe mexeu a nadadeira quando Cíntia fixou seu olhar em seu corpo avermelhado. Ela esfregou os olhos com o dorso da mão, pensou ter visto o animal, que jazia entre cubos de gelo, se mexer. O avô distraído com a escolha dos filés, se desligou um tantinho da neta.

A menina absorta secou a boca, chegou bem perto do bicho, então ele sussurrou: Eu ainda não morri, me mate por favor. Em seguida, o peixe vizinho a encarou e, suplicando, pediu: "Estamos sofrendo, nos ajude".

Cíntia afrouxou as pernas, arrebentou o embrulho amarrado com barbante e começou a golpear os peixes com a bombinha de chimarrão. A violência foi tão forte que, em seguida, juntou gente pra ver.

— A mocinha surtou! (o vendedor disse).

— Para Cíntia, o que é isso, filha?!!!

— Eles estão vivos! Estão vivos e com dor!

— O que é isso menina? Segurem essa guria!!

— Me larguem! Não acabei, me soltem!

Em casa que era o apartamento dos avós na Rua André da Rocha

Na volta para casa, Hélio, abatido, segurava a mão da neta com uma convicção exagerada. De nada adiantava Cíntia reclamar, ele não afrouxava. O pensamento em choque do avô impregnava a longa caminhada da volta para o antigo apartamento do terceiro andar. Pairava um silêncio pesado entre os dois. No elevador, Cíntia não encarou o avô e, quando chegaram, ela foi correndo chorar no banheiro com os ouvidos grudados na porta sanfonada.

— ...então, do nada, ela começou a furar os peixes com a bombinha de mate!

— Como assim???

— Dois homens tiveram que tirar ela de lá.

— O prejuízo foi grande, pai? Vou te pagar.

Pato com rodas e a lagartixa

Um pato de plástico amarelo era guardado desde a infância da mãe no armário do banheiro. Cíntia, de vez em quando, pedia para brincar com ele. A avó sempre praguejava porque tinha que subir num banquinho de fórmica meio bambo para alcançar o brinquedo.

— E se eu cair? Você nem gosta desse pato!

— Gosto, sim. Por favor, vó, eu seguro o banco.

Imagine se a avó caísse? A cabeça tombando lenta e mole pra trás. A testa batendo na quina da parede do boxe. Os pés quebrados do banco assassino. O jorro de sangue lavando o piso emborrachado. Os olhos da velha arregalados mirando o maldito brinquedo.

— É a última vez que eu pego esse pato pra você, você já é grande.

— Credo, não custa... "veia ruim", praguejou baixinho.

Até que um dia, Cíntia jogou o bicho de plástico pela sacada do terceiro andar. Acabou-se o desgosto por ser muito grande e não poder mais brincar, acabou-se o medo da vó de cair do banco, acabou-se o incômodo de ter que guardar o pato depois.

— Melhor assim. Que pegue o trambolho quem não tem brinquedo para brincar, alguma pobrezinha da rua — disse a avó.

Na calçada, outro dia, Cíntia achou que viu um pedaço da roda do pato e ficou melancólica. De mãos dadas com o avô, estavam indo à banca de frutas a quatro quarteirões de casa.

— Vamos comprar uva grande sem caroço?

— A vó pediu pepsi-cola.

— Vamos passar para dar um "oi" pro Pedrinho.

Entrando na barbearia, Seu Pedrinho veio com seus olhinhos azuis cumprimentar a neta do Paraná do seu cliente mais antigo!

— Vou aproveitar e aparar a careca.

— Senta um pouco ali, filha, pega uma revistinha.

Ao se sentar, resignada, Cíntia avistou, debaixo de uma poltrona de pé palito, uma lagartixa grande e cinza-esverdeada. Ficou olhando a bichinha estática, sonsa, meio gorda para uma lagartixa. No cesto de revistas tinha um gibi novinho do Cebolinha; quando Cíntia pegou para ler, o avô, orgulhoso, comentou que a neta era muito estudiosa, que adorava ler, até o jornal Zero Hora ela lia!

Abrindo devagar a revista, eis que a lagartixa aparece na página número um e fica em pé como um Tiranossauro Rex, só que pequeno e segurando uma tesourinha de cabelo nas mãozinhas. A menina solta um grito!

— O que houve? Assustou-se o avô

— É barata, Seu Hélio, não consigo acabar com elas.

— É vô, passou uma enorme ali!

A lagartixa não emudeceu com o grito da neta e falou com firmeza, agora agarrada na coxa da menina:

— Junte a tesoura do chão e me corte a cabeça! Não aguento mais ter enxaquecas!

— O que está acontecendo aí, Cíntia? Por que está tão quieta?

— Nada, vô.

— Que graça sua neta, está compenetrada nos gibis, comprei dois novos ontem.

Na volta para casa, pesavam-lhes as sacolas de mimosas, uvas, morangos, um tijolo de sorvete de creme e um litro de pepsi para fazer vaca louca de sobremesa.

Na noite seguinte, família reunida assistindo à novela, a avó grita do banheiro:

— Que nojo!

— O que houve?

— Pisei numa cabeça de lagartixa aqui no boxe do banheiro!

— Cabeça? Não seria o rabo? Se perde o rabo, depois nasce outro!

— Sei muito bem a diferença entre cabeça e rabo.

— Ai, que gritaria, reclamou Cíntia.

— É só uma lagartixa morta.

— Achei só a cabeça, gritou a avó.

É proibido, mas fumo assim mesmo

No apartamento dos avós, tinha uma área de serviço muito pequena, com tanque branco de louça, um banheirinho com privada e porta de madeira bem antiga, que fechava com um ganchinho de ferro meio enferrujado. Tinha um quartinho minúsculo, onde só cabia uma cama desconfortável, um espelho atrás da porta e um cheiro forte de cigarro, cachaça e sonho mal sonhado. No canto, sempre tinha um cinzeiro com bitucas e, ao lado, uma garrafa de cachaça barata. O chão desse quarto era de cerâmica áspera, Cíntia gostava de sentir essa aspereza, tirava os sapatos só pra ficar descalça nesse quartinho. Quem dormia lá é outra história.

A neta do Seu Hélio ia com frequência nessa área por dois importantes motivos: em busca de algo com o que se ocupar e quando queria sossego para "ir aos pés"![1] Ela adorava entrar sorrateira no dormitório, que era, na verdade, um cubículo, e catar uma bituca, acender, tentar fumar, sem sucesso. Ficava na ponta dos pés para se olhar no espelho com moldura de madeira branca, fazia poses com o toco aceso entre os dedos. Mexeriqueira, abria a portinha do armarinho com espelho, sempre tinha Pomada Minancora, Leite de Rosas, cotonetes, algodão, manteiga de cacau, alguma corrente de prata, uma caixinha de grampos de cabelo e o famoso cheiro forte de mofo.

Às vezes, Cíntia corria feito espoleta, como reclamava a avó, se direcionava até o banheiro de fora e lá se sentava. Numa tarde de chuva fina, a menina, com dor de barriga, fe-

---
[1] Evacuar.

chou bem o trinco de gancho. Nem encostava direito o pezinho no chão de lajotas vermelhas, uma quebrada.

A porta de madeira era mais estreita que as outras e havia sido repintada dezenas de vezes, de forma que era grossa de tinta. A cor cinza-clara era a escolhida daquele ano, as bolhas de ar que se formavam com o excesso de tinta pelo lado de dentro eram imensas, fofas e gordas. As maiores eram cutucadas pela menina, que se distraía furando as bolhas com uma agulha de crochê da avó, que sempre sumia do costureiro e depois reaparecia.

A terceira bolha da direita para a esquerda começou a fazer um barulhinho bem baixinho, algo como um relinchar.

Cíntia aguçou os ouvidos e, para não matar o possível bicho, furou a bolha de tinta com cuidado e arrancou com as unhas a primeira camada, libertando, assim, um minúsculo equino, sim, um cavalinho de mais ou menos uns três centímetros. Com uma das mãos, puxou a descarga e, com outra, pegou o bichano e guardou no bolso da calça. Saiu absorta em pensamentos desconexos, aérea. Lavou as mãos no tanque de louça branca e custou a acreditar no que guardava. O relinchar aumentou de volume.

O gozo do cavalo e a mordaça

Cíntia pegou o cavalo nas mãos, ele era castanho e estava muito ansioso, dando coices no ar e relinchando. Cíntia tentou fazer carinho na pequena crina, e logo ele emudeceu. A menina reparou numa gosminha debaixo do cavalinho. Sistematicamente, ele abaixou a cabeça e as patas da frente, fez uma reverência e pediu desculpas pelo gozo.

— Você fala? O que é isso?

— Deixa pra lá, eu fiquei nervoso de ficar preso no seu bolso e precisei me aliviar.

— Não entendi nada.

— Um dia vai entender.

— O que estava fazendo dentro de uma bolha de ar, de tinta velha?

— Não posso contar, isso não posso contar.

— Acho que vou enlouquecer.

— Todos vamos, querida menininha.

— Não sou muito querida, mas vou adorar cuidar de você, posso te mostrar para meus pais, meu vô...

— Não! — interrompeu bruscamente o cavalo.

— Não???

— Na verdade, me mostrei pra você porque preciso urgente de uma mordaça.

— Como assim? Uma mordaça?

— Sim, preciso que me amordace, com um fio de lã ou fio dental, o que você tiver mais à mão!

— Por que essa hostilidade consigo mesmo?

— Não é bem isso, é você que fica mais preocupada com a vida dos animais do que com a vida das pessoas.

— Nossa, agora me senti muito infantil.

— Mas é bom que seja infantil, assim você não perde tempo com questões que possam complicar sua vida.

— Você não entende, cavalinho, o que mais busco são complicações para fugir do tédio de ficar nesse apartamento durante um mês inteiro todos os anos, odeio tanto esse tempo de férias.

— Eu entendo, mas tente enxergar essa nossa amizade como um fragmento de um instante.

— Você fala de um modo tão interessante... Já que somos amigos, como se chama?

— Cavalo Pequeno.

— Para, estou falando sério.

— Meu nome é Cavalo Pequeno, e o seu é Cíntia.

Nesse momento o avô Hélio chamou a neta! Ela rapidamente guardou com cuidado o cavalinho no bolso e foi ver o que o avô queria. O avô estranhou o semblante da neta e perguntou o motivo de ela estar sem cor na boca, o que havia acontecido?

— Nada, vô. Tenho pressão baixa, vou pôr uma pitada de sal debaixo da língua.

— Isso, filha, faça isso. Quer ir à padaria com o vô?

— Não posso.

— Ué, não pode por quê?

— Porque tô meio tonta, vou deitar um pouco na salinha.

Cíntia disfarça, às vezes se perde, não sabe o que fazer com ela mesma. O cavalo estava inquieto no bolso, mal acomodado. A menina passou reto pela sala, se trancou no banheiro principal e se sentiu profundamente só ao olhar para o armário e não ver o pato de brinquedo; não conseguiu prender as lágrimas, sentou no chão e abriu a boca, o Cavalo Pequeno se manifestou!

— Por favor, contenha-se! Morda sua mão, não chore alto, chore para dentro, chorando assim você arruinará todo o plano.

— Mas não tenho plano nenhum.

— Cíntia, levante, me tire do seu bolso, pegue um pedaço de fio dental e me amordace, esse é o plano, depois me jogue na privada e puxe a descarga.

— Não farei isso de jeito nenhum, não sou uma assassina!

— Querida criança, preciso acabar com o meu caminho agora, estou em sofrimento, será que você não percebe?

— Não, achei você um sonho de lindo, quero te cuidar, te amar.

— Não devemos nos acostumar demais em nenhum lugar, quero mudar radicalmente. Corte o fio dental.

— Não consigo.

— Claro que consegue, você é brilhante.

— Não sou, sou manipuladora e má.

— Todos somos.

— Estou louca, fiquei louca, converso com um minicavalo que quer que eu o mate, e isso não é normal.

— Você é tão esperta, deve saber que tudo o que pode imaginar, constitui a sua liberdade. E ela agora é essa, faça!

Cíntia cambaleia até a pia, abre o armário do banheiro, por um momento acha que será algo simples e pronto. Pega o fio dental, corta mais ou menos uns cinquenta centímetros. Tira o cavalo do bolso, e ele parece correr de alívio ao ver o fio na mão da menina.

— Me oriente, vou fazer o que quer.

— Me coloque sobre o banquinho.

— E depois?

— Agora vou fechar a boca e você dá três voltas com o fio; então, você verifica se ainda consigo relinchar e, se não conseguir, amarre bem, levante a tábua e me jogue dentro da privada; aperte a descarga longamente para ter certeza de que me fui.

— Não vou conseguir te matar, você não me convenceu desse teu sofrimento.

— Tudo bem, então me recoloque na bolha de ar de tinta da onde me tirou e esqueça tudo isso.

E de repente o atual momento

Cíntia jogou fora o fio dental sem uso no chão do banheiro, pegou bruscamente o Cavalo Pequeno e andou com passos firmes até a área de serviço, resmungando baixinho:

— Não sou uma assassina, não sou uma assassina e ponto final.

O bichano relinchava descontrolado por entre os dedos da menina. Então, ela o colocou no furo da mesma bolha de ar da qual o retirou, juntou as cascas de tinta velha espalhadas nas lajotas do banheirinho, foi correndo até a gaveta da salinha, buscou um durex para colar as cascas todas. O Cavalo Pequeno estava catatônico novamente dentro da sua "casinha" na porta. Depois de bem grudada a "tampa" de tinta, Cíntia cochichou firmemente:

— Se quiser, se mate você mesmo, não grudei muito o durex, de forma que com um ou dois coices você abre essa maldita bolha; assim que o fizer, é só se jogar no vazio, tenho certeza de que se quebra na queda.

O avô Hélio abriu a porta do apartamento cheio de pães e chineques na sacola, a avó assistia à tevê na sala principal, os pais de Cíntia tinham saído cedo para resolver burocracias de banco.

Cíntia foi guardar o durex na gaveta e escutou uma conversa entre os avós.

— Acho que nossa neta tem um amigo imaginário.

— Que horror, coisa de gente louca.

— Eu não penso assim, Carmem, acho lúdico uma criança ter um desses.

— Acontece que ela não é mais criança, só pelo fato de ser miúda, todos pensam que ela é criança, e ela se aproveita disso.

Cíntia voltou até o banheirinho, tirou cuidadosamente o Cavalo Pequeno, o acariciou entre os dedos, ele mudo, bravo e altivo.

— Estou presa como você na inconsciência da minha infância, nessa roupagem oca que visto, pensam que tenho 7 em vez de 11 anos, não tenho como voltar a ter 5 e não queria continuar.

— Acabe logo com isso.

Ela então quebra o pescoço do Cavalo Pequeno como quem quebra um osso fino de galinha. Ele, morto, ficou cinza e sem sangue. Cíntia anda calmamente, pé ante pé até o quarto dos avós e deposita o cadáver sobre o travesseiro de Carmem. Então a menina vai até a sala assistir ao jornal, acomoda-se colada com Seu Hélio, como é muito pequena cabe tranquilamente na poltrona junto com ele.

A avó levanta dizendo que está com uma pontada chata na cabeça. Vai até a cozinha, enche um copo com água e toma uma aspirina.

— Vou dar uma deitadinha, Hélio.

— Vai, querida, feche a cortina para ficar na penumbra, essa dorzinha já, já passa.

Cíntia fazia carinho nos pelinhos do braço do vô, quando ouviram um grito vindo do quarto:

— Que nojo!!! Uma traça imensa cheia de gosma em cima do meu travesseiro!

Cíntia sorri para o avô e diz:

— Como a vó é fresca, é só dar um "piparote"² que essa coisa sai.

— Sempre foi fresca, sempre... sempre.

FIM 1 ou Epílogo

---

² Gesto de repulsa com os dedos.

A história de quem dormia lá

Os dedos das mãos estavam bem engordurados. Ela dizia "para, para" toda hora, mas era doce. Ela era alta, esguia, assim ereta, seu pescoço era alongado, vivaz. Se não fossem as roupas simples, seria uma mulher elegantérrima, de cabelos sempre presos com grandes fivelas ou passadores.

As clavículas acentuadas das pessoas ossudas eu adorava, na verdade adorava ela toda, sua saboneteira, seus braços fortes, suas mãos, seus joanetes, tudo nela eu amava. A Zefa tinha um misticismo próprio muito forte, e sua ludicidade morava nos acessórios, herdei um pingente de ouro com um diamante, provavelmente falso, encrustado dentro de uma rosácea de oito pontas e com bordas de arabescos. Me veio na cabeça agora um gesto de repulsa de dedos de quem não é chegado a abraços.Afagos foi uma palavra que chegou aqui também.

Agora que tenho 44 anos, venho a entender tantas coisas dessa velha avó torta, dessa mulher tão grande e que nas minhas mãos veio a dormir, para sempre. Ela se foi com majestosos 100 anos e durante 6 deles virou um pequeno caramujo, assim, do tamanho da unha do meu dedinho... Adormecida numa folha, usando-a como rede de dormir. Penso que a velhice pode ser lindamente triste e leve como um trevo de quatro folhas e, se você quiser, pode usar um deles para se escorar. Sabiamente ela fez isso, deixou-se cuidar, deixou-se ir como o vento, deixou-se virar expectativa. A expectativa pertence aos outros, enquanto a esperança pertence à calma.

Não vou contar a história de sua morte, vou colocar a minha mão sobre a sua e vou desenhar o contorno delas, dedo por dedo. Segure a minha mão, vou começar.

Dedo polegar

A primeira vez que ela emaranhou suas mãos nos meus cabelos eu não lembro. Tenho certeza de que foi com precisão. Vou contar de uma joaninha de lata verde que ela me trouxe em uma de suas saídas misteriosas. Era de pôr numa bacia com água, dar corda e a bichana nadava, a joana que nada. Ela ria poucas vezes, mas quando ria, o céu se abria em graças! Por falar em graças, lembrei de garças e gaivotas. Minha Zefa. Tudo pra ela era girafinha.

— Olha as girafinhas!

Até hoje olho pro céu e, quando gaivotas voam, enxergo girafas.

Inventava músicas, tocava gaita de boca, ficava babada, e os ossos das mãos acentuados. Vou cavocar no bolso do silêncio e encontrar todo seu vocabulário, vou escrever tudo que achar.

manga = mangoti

casaco de lã = charque

blusa larga = genisinha

gaivota = girafinha

cigarro = siga José te agarro

qualquer matinho = trevo

doce de casca de fruta = origonha

próstata = prosta

sopa = cardinho

ela mesma = múmia paralítica

bengala = benga

Na minha outra vida a chamei de Zefucha, Zeca, Zezeca, neguinha, vó, amor, meu amor.

Dedo indicador

Se me perguntarem sobre pele, me vem a sensação do braço dela, eu chorando rios de lágrimas no seu colo, ela me reconfortando com um balançar de pernas, minha boca desaguando mágoas dos outros nesse braço, nessa pele fina e marrom. Sua boca me mandando parar, sussurrando um assovio de medo, mas que pressente calmaria.

Agora, aqui, eu me pego conversando com o silêncio dela, e, sim, me acalmo. Quando foi a primeira vez que aceitei a morte? Foi descoberta minha ou alguém veio me contar?

Dedo médio

A música preferida eu botei pra tocar em *looping*. Ela no meu colo escutava, eu chorava de alegria por ouvir acompanhada o som da despedida.

Nos retribuímos mamadeiras. Ela engrossava a minha com mingau de maisena e eu, noventa anos depois, engrossava a dela com farinha láctea, outro *looping*.

Dedo anelar

Seus dedos sempre carregavam anéis de platina. Não existe mais platina? Eram arredondados nas extremidades, com caracóis, com flores meio enegrecidas pelo detergente diário, pelo sabão de coco, pela tábua de lavar. Ela me fez enxergar a silhueta de Nossa Senhora com um coelhinho na Lua.

Dedo mínimo

"Sai pra lá!" Era uma frase muito usada por ela, que se irritava facilmente comigo, eu estava sempre enfiada na sua cozinha, no seu quarto, no seu banheiro. Realmente eu gostava do cheiro da alfazema, cigarro e cachaça. Até hoje admiro louças de latão, tudo me lembra ela, tudo que é simples e profundamente interessante.

A mão toda

A Zefa foi abusada pela minha família em inúmeros sentidos, minhas pálpebras pesam agora. Minha avó materna foi sua carrasca e fiel patroa por toda a vida. Pagava-lhe uma miséria, alegando que estava louco de bom. Exigia dela 24 horas por dia de trabalho, não tinha sábado, nem domingo. Eram broncas, gritos e reclamações diárias, como se ela nunca acertasse, ou era muita pimenta na comida, ou muito sal, a veneziana estava empoeirada, o lençol pouco esticado, as janelas muito abertas, o pão muito branco, o leite frio, o sol estava muito quente e a manhã muito curta.

A Zefa virou "a outra", seu codinome depois da velhice, uma vida vivida juntas, mas a patroa que minha avó foi nunca tirou férias, nunca. A fiel Zefa começou a beber para aguentar o tranco, sem saída, sem opções. Não se casou, não se deitou com ninguém. Não teve a sua própria história, mas nunca foi o bastante para a avó Carmem.

Carmem amou muito Zefa.

Zefa amou muito Carmem.

O Porão

O começo

Era úmido, escuro, cheirava a mofo e a ideias fracassadas. Eu era totalmente obcecada pelo porão da casa da minha avó paterna.

Visitávamos essa parte da família duas vezes por ano, nas férias de julho e depois de dezembro. As tardes eram longas quando passadas lá. Era entediante, o ar daquela casa dava medo, tinha, sim, alguma coisa errada ali.

Sempre que dava, eu saía bisbilhotando todos os recantos. Os quartos eram estagnados, lotados de fantasmas e temores trancados. Em cada cômodo existiam armários antigos de madeira escura.

Minha avó vivia sozinha, às vezes um irmão perdido aparecia e por longas temporadas se abancava em algum lugar da casa, mas sempre dava errado.

Voltando ao porão: a porta era de madeira e tinha diversas camadas de tinta descascada. A largura era bem menor do que uma porta convencional, bem estreita e media cerca de 1,50 m. O trinco era muito antigo, daqueles de ferro enegrecido e pesado. A chave precisava ser girada com jeito, e o rangido ao abrir era tenebroso.

Ao entrar, já era a escada. O teto bem baixo com apenas uma lâmpada que precisava ser acesa pelo lado de fora, mesmo durante o dia. Do lado esquerdo, uma minúscula janela gradeada que tinha a altura da canela de quem passava pelo lado de fora.

Ao todo, o porão media cerca de 10 m², o pé direito uns 2 m e as paredes eram irregulares com fios de umidade que escorriam pela pedra bruta.

Um mistério pairava no ar denso daquele cubículo, uma pilha de caixas de papelão com materiais de uma antiga fábrica de máquinas de costura morava em um dos cantos há anos. Cadeiras de palha furada faziam par com mesas de pés quebrados e outras bugigangas. Até bicicletas e pneus havia lá, entre rolos de tapetes velhos comidos por traças. Em uma das caixas repousavam brinquedos de alguma infância esquecida. Pilhas de livros corroídos por olhos que nunca leram e finalmente um baú antigo com louças, cadernos e cartas dentro.

Como posso escrever isso tão friamente?

Vou até repetir: um baú antigo com louças, cadernos e cartas dentro.

Retrocedendo 35 anos

Lembro-me perfeitamente da primeira vez que desci aquelas escadas. Eu tinha uns 8 anos e segurava firme a mão do meu pai. Um homem rude, sofrido, amargurado, frustrado, sensível, talentoso, aberto, perverso, inteligente, culto, esperto, bonito, com diversas aptidões, cantor, promotor, músico, velejador, tricicleiro, fazedor de coisas, falador de idiomas, ingênuo, ríspido, sem paciência, bom ouvinte, contador de histórias, esquisito, diferente, sincero, fofoqueiro, amigo dos meus amigos, plastimodelista, aposentado, com sonhos perdidos, alguns deles perdidos justamente nesse porão.

Recordo de apertar os dedos do pai e de sentir sua repulsa, ele nunca foi muito de toques, mas isso não interessa agora. O foco é o lugar, o porão é o foco.

Existiam preciosidades ali, lixo não. Nada que fosse lixo, mas muita coisa para ser, sim, jogada fora. Tinha dor, traição, cobiça e morte ali, ali tinha mentira, esconderijo e desejos havia ali, tinha devaneios, sexo, medo e histórias não contadas, porque não podiam ser.

Meu pai com seus olhos tristes, cada vez mais embaçados pela memória que não queria ter.

Personagens dessa história

* minha avó, Eufrásia, morta, antes 35 anos;
* meu avô, Euclides, morto, antes 40 anos;
* meu pai, Simão, 80 anos agora, antes 16 anos;
* eu, a narradora, Maria, 40 anos;
* a menina, Lúcia, não sei, antes 14 anos.

Como desenhar mãos — Eufrásia

Minha avó Eufrásia era costureira em Passo Fundo, suas principais clientes eram as putas do bairro vizinho. Eram gentis, exigentes e ótimas pagantes. O pai carrega mágoas tenebrosas de sua mãe. Ele apanhou de vara, foi humilhado inúmeras vezes por não querer aprender violino, teve que aprender à força, teve que tomar óleo de rícino, teve que não ser piloto de avião, teve que viver às avessas do que queria e, até hoje, culpa a mãe. Quando ela morreu, aos 65, envenenada pelo próprio genro, o pai não sofreu, lamentou, mas não sofreu, não chorou.

Recordo muito bem dos pés de Eufrásia, mas suas mãos, que cozinhavam maravilhas, se apagaram para mim. Ela acariciava as minhas, eu não me sentia bem. Confesso que tentei amá-la diversas vezes, todas sem sucesso. Ela não tinha muito jeito com crianças. Um pelo imenso e grosso saltava de seu queixo, usava roupas antigas e mal-cheirosas, os olhos eram iguais aos do meu pai. Não me sinto prisioneira de um amor ancestral, penso nela raramente e rezo para que cesse esse passado. Sobre ela, sinto que posso alterar fatos tranquilamente. Da avó herdei uma santa de vidro fosco, muito sagrada para mim, já colei sua cabeça diversas vezes, mas, volta e meia, espatifa-se sozinha. Herdei também um anelzinho de ouro com pedra cor-de-rosa, que eu uso em um dedo da mão esquerda, e toda vez que olho para ele penso na sua antiguidade obsoleta. Eufrásia amava Euclides.

Eu não tenho para onde voltar — Euclides

Meu avô Euclides era muito alto, os joelhos se juntavam para dar equilíbrio. Diz ele que era meio índio. Era também cego de um olho, tinha bastante cabelo, pigarro e falava gesticulando as mãos, e vasos e bibelôs iam caindo conforme ele passava.

Sei muito pouco sobre ele, mas o que sei é que Euclides não amava Eufrásia.

Os anjos riem de nós — Simão ou meu pai

O nome do meu pai será Simão. Um guri que cresceu com gotas de sangue nos olhos e no coração, sempre, sempre partido. Simão tinha muitas habilidades, foi obrigado a fazer coisas que nem sonhava, suas juntas das mãos eram acentuadas, seu rosto não podia chorar, sua boca era trancada e a ignorância imperava em casa. Apanhou e bateu, foi humilhado e humilhou. Simão não amava a mãe e nem o pai. Simão amou Lúcia.

Por um segundo não sei onde estou — a narradora, eu

Me chamo Maria, sou filha do pai, que se chama Simão, e neta de Eufrásia e Euclides. Através de minha visão sobre um fragmento de história da minha família, resolvi escrever para expurgar toda dor, ou parte dela.

Adormeço para fora e interiorizo. Depois acordo e escrevo, assim, aos poucos, e percebo que todas as vidas são parecidas, com bênçãos e tragédias, só a ordem das coisas é que são alteradas.

Sem deixar pegadas – menina Lúcia

Lúcia era magra, de pele morena, cabelos lisos até os ombros, com franja. Era meio mulher, meio criança, era pobre, chorona, tinha um sorriso tímido e gostava de segredos. Lúcia trabalhava como ajudante de serviços domésticos no lar de Eufrásia e Euclides e tinha cerca de 14 anos. Lúcia amou Simão e Euclides.

O começo do início do abismo – ninguém para segurar

O protagonista dessa história é o porão da casa da infância de Simão. Essa casa fica na Rua dom Pedro II, em Porto Alegre. Um jardim grande com alpendre se estende por metros e metros à frente, com flores, folhagens, morangos, uvas e outras frutas.

Eufrásia teve três filhos, o mais velho, Simão, sofreu um bocado em suas mãos. Os outros dois se safaram um pouco mais. A família veio de Passo Fundo e se instalou ali, naquela rua charmosa, a casa pintada de verde clarinho, que hoje chamam de "verde Tiffany".

Junto trouxeram Lúcia, na época havia o costume de pegar uma menina-moça para levar para a Capital como ajudante. Filha de pais paupérrimos, sem estudo, sem perspectiva. A vinda para a Cidade Grande representava uma oportunidade de comida no prato, agasalho e cama.

Euclides era um péssimo marido para minha avó. Exigia casa organizada, pratos mirabolantes e regras rígidas a serem cumpridas. A relação dele com os filhos era severa e unilateral. Em relação às suas ações, eram grosseiras e sem fundamento. Possuía uma loja de autopeças e tratava melhor os funcionários do que os próprios filhos.

Simão era repetidamente humilhado e nada ganhava para atender na loja. Quando o pai dele se enfurecia, nem um trocado para o lanche na escola lhe dava, obrigando Simão a ir para o colégio a pé e a voltar caminhando. De tanta fome, por vezes, Simão comeu folha de pata-de-vaca.

Um asco imenso invadiu meu peito de neta agora.

As traições à Eufrásia começaram desde cedo, ela desconfiava, mas não encarava. Descontava sua revolta nos filhos e no próprio marido, que era ameaçado com faca cotidianamente.

Simão era terrivelmente reprimido, e muitas coisas eram como se fosse pecados pra ele. Na época com 16 e Lúcia com 14 anos, adolescentes os dois, começaram um romance escondido. A menina deu abertura, e o menino aproveitou a oportunidade para conhecer a flor da sexualidade, com visitas na madrugada ao quarto de Lúcia, que o recebia com grande ânimo. Durante o dia, olhares eram trocados com discrição entre o jovem casal. Simão estudava durante a manhã, de tarde fazia aulas de violino e se entretinha com plastimodelismo e livros. Vez ou outra, trabalhava na loja de autopeças do pai. À noite, a lua iluminava o quarto do meu pai, que ficava no andar superior, e havia uma entrada com escada independente. Era um cômodo grande, com chão de madeira, cama de solteiro de molas, um guarda-roupas pesado, uma escrivaninha com cadeira e estante com livros. Se precisasse ir ao banheiro, ele tinha que se enrolar no cobertor e pegar friagem. Por isso, descia a escada correndo e subia correndo. Foi numa dessas descidas que, curioso, foi espiar o quarto de Lúcia, quando viu a porta entreaberta e observou-a lixando as unhas, tarde da noite. Ela, então, ao vê-lo, levantou as cobertas para ele ir se deitar ali com ela. E ele foi.

De uma hora para outra, Simão tinha atitudes extremistas, seu estado de espírito se alterava em picos de ódio e explosões assustadoras. Mais de uma vez esbofeteou Lúcia, que desastradamente lhe derrubou algum avião de plastimodelo ao limpar a estante. A menina descia a escada de fora aos prantos e Eufrásia praguejava o filho que, na verdade, repetia a violência que sofria.

De madrugada, com muito arrependimento, se direcionava pé ante pé ao quarto de Lúcia, que sempre o perdoava e cedia às suas carícias. Ele a ensinou a ler e escrever e começou a emprestar livros para a menina, que era muito esforçada. Pela manhã, ela acordava cedinho, limpava a casa toda. Quem cozinhava era minha avó, mas, depois do almoço, era Lúcia quem organizava tudo, com muito capricho.

A partir das dezesseis horas era liberada para estudar e ler. Tinha medo de sair à rua sozinha, o máximo que se aventurava era ir até o supermercado, que ficava a três quarteirões dali.

Lúcia falava pouco, quase nada, mas tomou a liberdade de pedir um caderno de presente para Eufrásia, que autorizou a compra. Passava horas escrevendo naquele caderno, mas, sempre que alguém se aproximava, ela o fechava e corria para guardar o bendito caderno em seu quartinho e, com uma chave, o trancava no criado-mudo.

A tensão morava naquela casa com raríssimos períodos de pausa.

O tempo foi passando, e Euclides exigindo mais e mais de Simão, que há tempos não descia para suas aventuras, de tão cansado que andava. A avó começou a costurar para as putas da região próxima, e, como a demanda era grande, estava sem tempo para brigas e já pouco ligava para as "puladas de cerca" do marido. Acabava fingindo que não sabia de nada e era melhor assim, pelo menos a família continuava vivendo sob o mesmo teto, o jardim permanecia florido e as uvas, maduras.

Chegou o verão, e meu pai estava na véspera de completar 17 anos. Nessa noite, ele tinha ido tocar violino numa reunião entre amigos na casa do vizinho, mas acabou se estendendo noite adentro.

Às três da manhã, retornou para casa com a intenção de trocar de roupas e descer para uma namoradinha rápida. Passou pela sua cabeça que, de repente, poderia propor à Lúcia que tivessem algo mais sério e assumissem o namoro para a família.

Ansioso com essa ideia, subiu aos tropeços a escada de fora e, antes mesmo de pegar o pijama e descer para o banho, retrocedeu e entrou em casa para ver Lúcia. Ficou estagnado ao pé da porta quando não a encontrou em seu quarto. Perambulou por toda a casa com um pequeno castiçal para emergência, que acendeu na mesinha da sala, pois não era sua intenção acordar ninguém. Chegou a pensar que a menina pudesse sofrer de sonambulismo, mas esse pensamento logo se evaporou, pois ouviu sua voz vinda de fora.

Foi correndo ao jardim e nada. Voltou ofegante, e a respiração de Lúcia, que ele conhecia muito bem, lhe chegava do maldito porão.

A porta estava entreaberta, ele apagou a vela e olhou para além da escada. Uma forte luz da noite enluarada entrava pela pequena janela gradeada.

Euclides com as calças arreadas, sentado em uma cadeira de palha, fazia sexo com Lúcia de maneira exuberante. A menina nua em pelo dava pequenos gritinhos de prazer enquanto era currada fortemente pelo meu avô.

Simão, meu pai, ficou parado ali, assistindo a tudo por cerca de três minutos. Depois subiu para seu quarto e viu clarear o dia.

No dia seguinte ao do pesadelo, o avô e Lúcia simplesmente desapareceram, e estão sumidos até os dias de hoje. Simão nunca contou absolutamente nada para sua mãe, que, conformada com o sumiço de ambos, continuou tocando a sua vida, as costuras e a loja de autopeças que, mal administrada, acabou fechando as portas.

Anos mais tarde, Eufrásia veio a ser assassinada pelo próprio genro, que a envenenou... mas isso é outra história.

No porão, como disse, foi encontrado um baú e, dentro dele, além de louças, cartas, um pequeno caderno com capa azul-marinho escrito com letras tortas e erros de português. Na primeira página, lia-se o seguinte título:

Os planos de Lúcia

O mocinho bunito pensa que sou virjem. Foi bem fácil conquistá ele. Ele vem no meu quarto toda noite ele. Coitado, quase morreu quando mostrei meu peito pra ele naquela madrugada. O coitado pensava que eu era analfabeta, essa gente rica acha nóis burro. Burro é eles.

O veio já me deu umas olhada e daqui a pouco cai na rede, a veia tem bafo e se faz de besta.

Toda manhã, roubo o troco da padaria, e a idiota não se apercebe, ontem fez drobradinha e guspi adentro e todo mundo se lambusou de comê.

Filho da puta do Simão me surrou porque fui passá pano na estante dele e quebrei um brinquedo lá. Filho da puta. Depois veio querê fazê carinho na minha piriquita, filho de uma puta veia.

Vive cheio de puta essa casa.

Já tô com um dinheirinho guardado dentro do meu traveceiro, esses desgraça me ponharão num quarto que fede a mofo, eles vão vê só. Porenquanto não falo nada, só fico de olho só.

Agora vou durmi.

O veio chegou no meu quarto hoje e me agarrou.

beijo molhado do veio, gostei, peguei o durão dele

esse tá no papo

amanhã já fiz uma lista pra o idiota comprar

granpo de cabelo

cotonete

pomada

batão claro

água de rosa

xinelo 35

O idiota não achou o batão, eu disse que sem batão não bejo

hoje pus magnésio no leite dela, ela gomitou e tá de cama.

Não tô quereno fazê nada hoje eu, ela tá gemendo lá.

Ontem foi o Simão sair, o veio chegou. Quero vê quando se encontrarem o bafafá que vai dá, se acontecê isso é só eu chorá.

Cansei.

Vô durmi.

O home me convidou pra fugi com ele, tá loco por mim

me mato de ri, aqui no quarto um entra e sai

disse pra ele esperá dois dia pra eu arrumá as coisa com calma

Aceitei, fiquei com pena da veia

Ele disse que sabe que dou para o fio dele, eu disse que não

e era verdade, tava segurando pra ele se apaixoná

veio ruim que só ele

o guri vai chorá, eu acho

Acho que a dona Eurifázia vai se livrá da bomba

ele vai me dá tudo que eu quero e disse que até dinhero pra minha mãe vou podê mandá pra ela.

Cansei, tô com sono.

Exemplares impressos em OFFSET sobre papel Cartão
LD 250g/m2 e pólen Soft LD 80g/m2 da Suzano Papel e
Celulose para a Editora Rua do Sabão.